什錦拼盤

唐魯孫——著

目錄

饞人說饞——閱讀唐魯孫

逯耀東

前些時，去了一趟北京。在那裡住了十天。像過去在大陸行走一樣，既不探幽攬勝，也不學術掛鉤，兩肩擔一口，純粹探訪些真正人民的吃食。所以，在北京穿大街過胡同，確實吃了不少。但我非燕人，過去也沒在北京待過，不知這些吃食的舊時味，而且經過一次天翻地覆以後，又改變了多少，不由想起唐魯孫來。

七〇年代初，臺北文壇突然出了一位新進的老作家。所謂新進，過去從沒聽過他的名號。至於老，他操筆為文時，已經花甲開外了，他就是唐魯孫。民國六十一年《聯副》發表了一篇充滿「京味兒」的〈吃在北京〉，不僅引起老北京的蓴鱸之思，海內外一時傳誦。自此，唐魯孫不僅是位新進的老作家，又是一位多產的作家，從那時開始到他謝世的十餘年間，前後出版了十二冊談故鄉歲時風物，市廛風俗，飲食風尚，並兼談其他軼聞掌故的集子。

這些集子的內容雖然很駁雜，卻以飲食為主，百分之七十以上是談飲食的，唐魯孫對吃有這麼濃厚的興趣，而且又那麼執著，歸根結柢只有一個字，就是饞。他在〈烙盒子〉寫到：「前些時候，讀逯耀東先生談過天興居，於是把我饞人的饞蟲，勾了上來。」梁實秋先生讀了唐魯孫最初結集的《中國吃》，寫文章說：「中國人饞，也許北京人比較起來更饞。」唐魯孫的回應是：「在下忝為中國人，又是土生土長的北京人，可以夠得上饞中之饞了。」而且唐魯孫的親友原本就稱他為饞人。他說：「我的親友是饞人卓相的，後來朋友讀者覺得叫我饞人，有點難以啟齒，於是賜以佳名叫我美食家，其實說白了還是饞人。」其實，美食家和饞人還是有區別的。所謂的美食家自標身價，專挑貴的珍饈美味吃，饞人卻不忌嘴，什麼都吃，而且樣樣都吃得津津有味。唐魯孫是個饞人，饞是他寫作的動力。他寫的一系列談吃的文章，可謂之饞人說饞。

不過，唐魯孫的饞，不是普通的饞，其來有自；唐魯孫是旗人，原姓他他那氏，隸屬鑲紅旗的八旗子弟。曾祖長善，字樂初，官至廣東將軍。長善風雅好文，在廣東任上，曾招文廷式、梁鼎芬伴其二子共讀，後來四人都入翰林。長子志銳，字伯愚，次子志鈞，字仲魯，曾任兵部侍郎，同情康梁變法，戊戌六君常集會其家，慈禧聞之不悅，調派志鈞為伊犁將軍，遠赴新疆，後敕回，辛亥時遇刺。仲魯是唐魯孫的祖父，其名魯孫即緣於此。唐魯孫的曾叔祖父長敘，官至刑部次郎，其二女並選入宮侍光緒，為珍妃、瑾妃。珍、瑾二妃是唐魯孫的族姑祖母。民初，唐魯孫時七八歲，進宮向瑾太妃叩春節，被封為一品官職。唐魯孫的母親是李鶴年之女。李鶴年奉天義州人，道光二十年翰林，官至河南巡撫、河道總督、閩浙總督。

唐魯孫是世澤名門之後，世宦家族飲食服制皆有定規，隨便不得。唐魯孫說他家以蛋炒飯與青椒炒牛肉絲試家廚，合則錄用，且各有所司。小至家常吃的打滷麵也不能馬虎，要滷不瀉湯才算及格，吃麵必須麵一挑起就往嘴裡送，筷子一翻動，滷就瀉了。這是唐魯孫自小培植出的饞嘴的環境。不過，唐魯孫雖家住北京，可是他先世遊宦江浙、兩廣，遠及雲貴、川黔，成了東西南北的人。就飲食方面，嘗遍南甜北鹹，東辣西酸，口味不東不西，不南不北變成雜合菜了。這對唐魯孫這個饞人有個好處，以後吃遍天下都不挑嘴。

唐魯孫的父親過世得早，他十六七歲就要頂門立戶，跟外面交際應酬周旋，觥籌交錯，展開了他走出家門的個人的飲食經驗。唐魯孫二十出頭就出外工作，先武漢後上海，遊宦遍全國。他終於跨出北京城，東西看南北吃了，然其饞更甚於往日。他說他吃過江蘇里下河的鮰魚，松花江的白魚，就是沒有吃過青海的鰉魚。後來終於有一個機會一履斯土。他說：「時屆隆冬數九，地凍天寒，誰都願意在家過個閤家團圓的舒服年，有了這個人棄我取，可遇不可求的機會，自然欣然就道，冒寒西行。」唐魯孫這次「冒寒西行」，不僅吃到青海的鰉魚、烤犛牛肉，還在甘肅蘭州吃了全羊宴，唐魯孫真是為饞走天涯了。

民國三十五年，唐魯孫渡海來臺，初任臺北松山菸廠的廠長，後來又調任屏東菸廠，六十二年退休。退休後覺得無所事事，可以遣有生之涯。終於提筆為文，至於文章寫作的範圍，他說：「寡人有疾，自命好啖。別人也稱我饞人。所以，把以往吃過的旨酒名饌，寫點出來，就足夠自娛娛人的了。」於是饞人說饞就這樣問世了。唐魯孫說饞的文章，他最初的文友後來成為至交的夏元瑜說，唐魯孫以文字形容烹調的味道，「好像老殘遊記山水風光，形容黑妞的大鼓一般。」這是說唐魯孫的饞人談饞，不僅寫出吃的味道，並且以吃的場景，襯托出吃的情趣，這是很難有人能比較的。所以如此，唐魯孫說：「任何事物都講究個純真，自己的舌頭品出來的滋味，再用自己的手寫出來，似乎比捕風捉影寫出來的東西來得真實扼要些。」因此，唐魯孫將自己的飲食經驗真實扼要寫出來，正好填補他所經歷的那個時代，某些飲食資料的真空，成為研究這個時期飲食流變的第一手資料。

尤其臺灣過去半個世紀的飲食資料是一片空白，唐魯孫民國三十五年春天就來到臺灣，他的所見、所聞與所吃，經過饞人說饞的真實扼要的記錄，也可以看出其間飲食的流變。他說他初到臺灣，除了太平町延平北路，幾家穿廊圓拱，瓊室丹房的蓬來閣、新中華、小春園幾家大酒家外，想找個像樣的地方，又沒有酒女侑酒的飯館，可以說是鳳毛麟角，幾乎沒有。三十八年後，各地人士紛紛來臺，首先是廣東菜大行其道，四川菜隨後跟進，陝西泡饃居然也插上一腳，湘南菜鬧騰一陣後，雲南大薄片、湖北珍珠丸子、福建的紅糟海鮮，也都曾熱鬧一時。後來，又想吃膏腴肥濃的檔口菜，於是江浙菜又乘時而起，然後更將目標轉向淮揚菜。於是，金齏玉膾登場獻食，村童山老愛吃的山蔬野味，也紛紛雜陳。可以說集各地飲食之大成、彙南北口味為一爐，這是中國飲食在臺灣的一次混合。

不過，這些外地來的美饌，唐魯孫說吃起來總有似是而非的感覺，經遷徙的影響與材料的取得不同，已非舊時味了。於是饞人隨遇而安，就地取材解饞。唐魯孫在臺灣生活了三十多年，經常南來北往，橫走東西，發現不少臺灣在地的美味與小吃。他非常欣賞臺灣的海鮮，認為臺灣的海鮮集蘇浙閩粵海鮮的大成，而且尤有過之，他就以這些海鮮解饞了。除了海鮮，唐魯孫又尋覓各地的小吃。如四臣湯、碰舍龜、吉仔肉粽、米糕、虱目魚粥、美濃豬腳、臺東旭蝦等等，這些都是臺灣古早小吃，有些現在已經失傳。唐魯孫吃來津津有味，說來頭頭是道。他特別喜愛嘉義的魚翅肉羹與東港的蜂巢蝦仁。對於吃，唐魯孫兼容並蓄，而不獨沽一味。其實要吃，不僅要有好肚量，更要有遼闊的胸襟，不應有本土外來之殊，一視同仁。

唐魯孫寫中國飲食，雖然是饞人說饞，但饞人說饞有時也說出道理來。他說中國幅員廣寬，山川險阻，風土、人物、口味、氣候，有極大的不同，因各地供應飲膳材料不同，也有很大差異，形成不同區域都有自己獨特的口味，所謂南甜、北鹹、東辣、西酸，雖不盡然，但大致不離譜。他說中國菜的分類約可分為三大派系，就是山東、江蘇、廣東。按河流來說則是黃河、長江、珠江三大流域的菜系，這種中國菜的分類方法，基本上和我相似。我講中國歷史的發展與流變，即一城、一河、兩江。一城是長城，一河是黃河，兩江是長江與珠江。中國的歷史自上古與中古，近世與近代，漸漸由北向南過渡，中國飲食的發展與流變也寓其中。

唐魯孫寫饞人說饞，但最初其中還有載不動的鄉愁，但這種鄉愁經時間的沖刷，漸漸淡去。已把他鄉當故鄉，再沒有南北之分，本土與外來之別了。不過，他下筆卻非常謹慎。他說：「自重操筆墨生涯，自己規定一個原則，就是只談飲食遊樂，不及其他。以宦海浮沉了半個世紀，如果臧否時事人物惹些不必要的嚕嗦，豈不自找麻煩。」常言道：大隱隱於朝，小隱隱於市。唐魯孫卻隱於飲食之中，隨世間屈伸，雖然他自比饞人，卻是個樂天知命而又自足的人。

一九九九歲末寫於臺北糊塗齋

唐魯孫先生小傳

唐魯孫，本名葆森，魯孫是他的字。民國前三年九月十日生於北平。滿族鑲紅旗後裔，是清朝珍妃的姪孫。畢業於北平崇德中學、財政商業學校。擅長財稅行政及公司理財，曾任職於財稅機關，對於菸酒稅務稽徵管理有深刻認識。民國三十五年臺灣光復，隨岳父張柳丞先生來臺，任菸酒公賣局秘書。後歷任松山、嘉義、屏東等菸葉廠廠長。當年名噪一時的「雙喜」牌香煙，就是松山菸廠任內推出的。民國六十二年退休，計任公職四十餘年。

先生年輕時就隻身離家外出工作，遊遍全國各地，見多識廣，對民俗掌故知之甚詳，對北平傳統鄉土文化、風俗習慣及宮廷秘聞尤其瞭若指掌，被譽為民俗學家。再加上他出生貴冑之家，有機會出入宮廷，親歷皇家生活，習於品味家廚奇珍，又見多識廣，遍嘗各省獨特美味，對飲食有獨到的品味與見解。閒暇時往往對各家美食揣摩鑽研，改良創新，而有美食家之名。

先生公職退休之後，以其所見所聞進行雜文創作，六十五年起發表文章，民俗、美食成為其創作基調，內容豐富，引人入勝，斐然成章，自成一格。著作有《老古董》、《酸甜苦辣鹹》、《天下味》等十二部（皆為大地版）量多質精，允為一代雜文大家，而文中所傳達的精緻生活美學，更足以為後人典範。

民國七十二年，先生罹患尿毒症，晚年皆為此症所苦。民國七十四年，先生因病過世，享年七十七歲。

北國江南燕山北

唐代詩仙李太白，在他《北風行》詩裡說：「燕山雪花大如席，片片吹落軒轅臺。」描寫塞外風雪，凜冽苦寒。想不到就在燕山之北，卻有一座名城，冬不酷寒，夏宜避暑，這就是久為眾口交譽的北國江南，熱河省的「承德」。考諸典籍，這座名城在元明時代是沒沒無聞的，到了康熙年間才鳩工聚材，在這裡修建了一座名園「避暑山莊」和「溥仁」、「溥善」兩座佛寺。到了乾隆時期，又相繼修建了九座寺廟。而康、乾兩帝以及後來幾代皇帝，每年總要有近半年時間住在那裡。咸豐龍馭上賓、肅順等陰謀奪權、慈禧跟恭親王奕訢叔嫂秘議裡應外合，不動聲色弭平巨變，都是在熱河行宮完成的。實際上，熱河行宮儼然是清代第二政治中心，所以才名播遐邇，中外咸知。

往返京師朝發夕至

康熙、乾隆兩位都是清朝聰明天亶的皇帝，何以要在荒涼的塞上經營別院、興建寺廟呢？那就不能不佩服他們的高瞻遠矚、燭照萬千了。

清朝在入關之前就已經跟蒙古結成聯盟，成立蒙古八旗軍。自從底定中原建都北京之後，從康熙二十年起，每年初秋都要由蒙古的王公親貴輪流陪同到內蒙古「翁牛特」和「喀喇沁」等部落牧地木蘭圍場去狩獵。一方面懷柔遠人，同時還有了解民情、加恩各藩、理疆備邊的含意。康熙在塞外選中木蘭圍場這塊大草原，每年大舉行圍射獵，還有整軍經武、揚我神威，使蒙古各部畏威懷德不敢有貳心，並非完全為了個人享樂而已。清朝皇帝從京師出發，由古北口到圍場一共有大小行宮十九處。由於承德地方「形勢融結，地實堅美」，去京師驛遞奏章，朝發夕至，綜理政事與在宮內無異，所以在承德大興土木建立大型離宮。康熙為了籠絡蒙藏各族部落，當然就要崇敬這些民族信奉的喇嘛教，於是在離宮之外又興建了外八廟。

避暑山莊是中國皇家最大的一座園林，面積廣袤達八千四百餘畝，周圍的苑牆就有十多公里，內分宮殿區、湖泊區、山岳區、平原區四個部分。園內有康熙題的三十六景，後來乾隆又續題三十六景，一共是七十二景。

宮殿區是皇帝每日臨政、舉行慶典和避暑消夏的地方，位於園的南端，完全是傳統式宮殿建築。正宮是皇帝居住的主要宮殿，皇帝身居九重，有九五之尊，所以要有九層院落。大門叫「麗正門」，有乾隆御筆題字匾額，這座門內才是外午門、內午門兩重宮門。內午門又叫「射閱門」，是皇帝校射的地方，門上匾額康熙御筆「避暑山莊」四個大字。康熙不像乾隆到處題詩留字，大字尤為難得。門前一對銅獅子雄踞左右，威猛生動，工藝精良，比三大殿、頤和園的銅獅子都精細岐嶷，是清宮裡最精湛的一對，據說熊秉三任熱河都統時，曾經打算把這對獅子搬走，可是雇了若干工人，絲毫沒能移動，只好作罷。正殿叫「澹泊敬誠殿」，是臣下啟事、外藩覲見處所。

古柏蔭天蒼勁挺秀

乾隆四十五年七月，班禪活佛自西藏到承德來朝，就是在「澹泊敬誠殿」跪請聖安的。乾隆因班禪來朝，以兩個月時間學習藏語，居然字正腔圓。班禪本佛不拜佛原則，本來不準備跪拜的，臨時懾於天威咫尺，不知不覺屈膝行了跪拜禮。正殿以北是「依清曠殿」，內有乾隆御筆「四知書屋」，是皇帝在舉行慶典前後宴居休息所在，只有重要近臣才能得到在此屋被召見的殊榮，院內古柏蔭天，蒼勁挺秀。皇帝寢宮叫「煙波致爽殿」，殿宇壯闊、滿室縹緗。皇帝御榻設在西套間，床後設有暗門，通往秘密夾道。如果遇有什麼危險，皇帝可以從暗門進入走避。據說咸豐皇帝在煙波致爽殿病榻臨終彌留時，慈禧就是從這道暗門溜進去，躲在帳子後面偷聽咸豐遺詔後才策劃回京奪權的。

「松鶴齋」在正宮以北，原是皇太后頤養的地方，紫翠丹房，幽簾清寂，廊腰迴縵，便於皇帝晨昏定省。靠近松鶴齋有「萬壑松風殿」，康熙常在這裡批閱奏章，引見臣下。乾隆幼年來到山莊，就曾隨祖父住在此處讀書，後來御極，懷念聖祖對他的恩寵，因而賜名「紀恩堂」。出殿而北，循青石磴道而下，就進入湖泊區了。

湖泊區中間是「芝徑雲堤」，往北是「如意洲」，雲水澄鮮，林木明秀，湖區景色全收眼底。如意洲是湖裡最大島嶼，正宮未蓋好之前，康熙每年駐蹕承德，就住在這裡處理政務。洲上有座「無暑清涼殿」，璇臺淥水，紫殿金鋪，潭澄玄鏡，茂蔭參天，可以說是天人佳境。「延薰山莊」是如意洲上的主殿，館宇敦樸，不雕不飾，啟北戶、迎薰風，別是一番清雅風趣。

在舉行小型慶典時，有時也在這裡賜宴扈從大臣。如意洲西北有小島叫「青蓮」，有一小橋使洲島相通，乾隆仿嘉興煙雨樓，築樓其上，亦名「煙雨」。每屆夏雨，雲水茫茫，樓臺煙雨，宛如身在江南。從「萬壑松風」沿湖而東，又是另一條入湖通道。經過「卷阿勝境」、「水心榭」風景多處，最初都是駐足小憩的地方，後來乏人管理，只剩下些假山亂石而已。由水心榭而北，綠陰交蔭，紫曼丹荑，中有「月色江聲殿」，此處為四合院格局，迴廊連接；廊廡四達，白石清泉，清風細細，是皇帝讀書的地方。再往北，地勢起伏，高崮四合，在最高處仿鎮江金山寺，建有一幢三層六角形的「上帝閣」供奉真武大帝、玉皇大帝，最宜登臨遠眺，欣賞波光嵐影、雲煙萬狀的無邊佳景。

緗荷出水珠菂盈房

沿東岸上溯可達湖北隅的「熱河泉」。在東北塞外，溫泉不多，此泉溫度尤高。當深秋九月菊花盛開之時，因為湖水溫潤，緗荷出水，珠菂盈房，看的人都認為菊荷競爽是一奇景。沿湖西北岸有五座方亭，簷牙高啄，金霓耀彩，比北海的五龍亭還要壯麗。亭的北面有一望無際的平原，高柳千章，芳草如繡，乾隆書碣為「萬樹園」。據說當年密林之內麋鹿徘徊、禽鳥翱翔，草叢之中赤狐野兔出沒無常。

這裡是皇帝舉行「大蒙古包宴」看煙火、觀馬技，接見各族首領和外國使節的地方。所以大蒙古包圓頂厚繒，幄帟重重，左右星羅棋布，還有幾座小圓帳棚，是王公使臣休息的地方。乾隆四十五年，皇帝曾在此處跟班禪和韓國正使看煙火，後來又在此處接見英國使臣瑪戛爾尼，以致英使回國後所寫回憶錄誤會大清國皇帝住的是蒙古包。清代四大藏書樓之一的「文津閣」就在萬樹園之西，清代開設四庫全書館，館內網羅了五百多位飽學之士編纂校抄，歷時十年，一共抄成《四庫全書》四部，其中一部就存在文津閣。後來歷經兵燹戰亂，其中三部已散佚或損壞，只有文津閣這部送歸中央圖書館保存，算是碩果僅存的文化瑰寶了。

山岳區在避暑山莊佔地最廣，約為全區五分之四。這是一脈自然山巒，中國古代造園匠師們巧妙運用因山為園的手法，把整個山岳區的天然峽谷溝峪規劃為四條路線，和山麓湖濱的幾片風景區連為一體。最北一條山溝叫「松雲峽」，峽中古木參天，峰巒如削，東側有一方亭，雪後登臨，遠望南山諸峰，皎然寒玉，皓潔素凝，因名「南山積雪」。在它北邊山坡上遍植楓樹，葉茂蔭濃，托襯出一片楓葉紅於二月花的美景。

幾經曲折就到了「錘峰落照亭」。在傍晚日落之前，從亭中遙望東邊的棒錘峰挺立天際，是避暑山莊重要的借景。在乾隆時期，每年臨幸熱河，逢到重陽佳節，皇帝總要親奉太皇太后到這裡登高侍膳。由於它的形象奇突，在民間傳說許多神話，說很久以前，有兩位仙人來到承德，被承德人的勤勞純良感動，臨走時把個金棒錘插在山頂，從此承德變成山明水秀的福地。從松雲峽到錘峰落照亭，可以飽覽山區千山萬水無限風光，皇帝處理萬機之餘，偶或心慵意懶，來此嘯傲一番，決疑定難，一切自然都能迎刃而解了。

建廟勒碑乾隆題字

熱河的外八廟計為溥仁寺、溥善寺（今已不存）、須彌福壽之廟、殊象寺、廣安寺、羅漢堂、普樂寺、普陀宗乘之廟、安遠廟、普寧寺、普佑寺十一座廟宇，那為什麼叫外八廟呢？因為這些廟分為八個部分，乾隆時代劃歸北平雍和宮管轄，又都分布在避暑山莊外圍，所以叫外八廟。

「普樂寺」是乾隆三十一年特為哈薩克・布魯特民族首領來朝覲而興建的。其主殿「旭光閣」中有大型立體曼荼羅，是喇嘛教聞名世界的佛像造型，除西藏外，是大陸僅有的一個。

「安遠廟」是乾隆二十九年仿伊犁固爾札廟而建的。蓋廟當時是由一位太監的族人承包，有偷工減料的地方，監工人員也不敢據實複驗陳奏，所以現在只存主殿「普渡殿」，正中供綠度母佛像，牆上畫有佛教故事，莊嚴而帶神秘感。綠度母是藏人最信奉的法力無邊的大佛，據說安遠廟綠度母像更具無上威力，每年總有若干信徒從西藏遠來膜拜。

河西岸僅存的廟宇有：「普寧寺」，佔地達三公頃，在外八廟中僅次於普陀宗乘之廟。一進院落，有一座石欄環護，重棼瓊構的碑亭。碑文用漢、滿、蒙、藏四種文字把建廟經過詳敍勒石，據說四種文字胥出乾隆御筆，所以特別名貴。中間主殿「大乘閣」裡面三層栱簷，外面六層屋簷，五個尖頂，是模仿西藏桑鳶寺烏策殿而建，殿中供奉二十二米高的千手觀音菩薩像，大佛的腰圍有十米，重達一百一十噸。在大殿底層，只能看到佛的腿部，要登上三樓，才能平視佛的頭部。這尊佛有四十二條手臂，每隻手中有一隻眼睛，他的頭頂上，還有一座小佛——無量光佛，據說是佛的師傅。大乘閣象徵須彌山，是佛住的所在。四外有四大部洲和八小部洲，這種傳說，曾見諸古典小說《西遊記》。另外殿的周圍，有白、綠、紅、黑四座喇嘛塔：白塔中保存著松贊干布文物，綠塔埋有若干寶藏，紅塔下埋著佛的舍利，黑塔埋著西藏地區原始本教經典。

正北「普陀宗乘之廟」是承德各廟宇中規模最大的一座，佔地二十二公頃，從乾隆三十二年始建，到三十七年完工，形勢完全模仿西藏拉薩布達拉宮。廟的山門像一座城樓，崇墉屹屹，氣勢雄壯，走進山門裡就看見一座琉璃牌坊，金飾鱗鬣，虬龍蜿蜒，隨著地勢高低，又建了若干喇嘛塔，在最後山坡高處聳立著「大紅臺」。

大紅臺位於高十七米，用花崗石和磚砌成的白色石臺上，外觀有七層，裡面實際有一圈三層高的群樓。大紅臺高逾二十五米，外面抹成紅色。中部和頂端有桁梧複疊的琉璃佛龕，巍峨莊嚴，雕簷隱天。登上白臺，站在大紅臺腳下，更感到氣象不凡，回首東南遠處，九天樓閣，琳宇梵宮，此身如在仙境。進入大紅臺，可以清楚看到周圍三層倒塌群樓及殘痕，有的木柱還遺留在牆中。紅臺的中央有座方殿，叫「萬法歸一殿」，屋頂塗金異獸，翠瓦金鋪，在陽光照射下，閃爍煥爛，蔚為奇觀。殿中羅列大小不等半跏趺坐無量壽佛銅像，反映乾隆建此廟是為他慈親祈福祝壽的。在此廟東鄰的須彌福壽之廟是乾隆四十七年，他七十萬壽，為了迎接班禪六世來熱河祝壽興建，作為班禪行宮的，建築布局完全模仿日喀則的札什倫布寺，由此可知，清朝康乾時期懷柔遠人，對於邊疆民族是如何羈縻籠絡的了。

依稀揣摩當年勝景

抗戰勝利筆者于役北票煤礦時候，忽然接到熱河高等法院傳票，說是熱河稅捐處控告北票煤礦延不繳納煤類稅收，限日報到出庭應訊，這類事自然是由財務處負責。筆者於是帶了一位姓鮑的科長，前往承德應訊，當庭把接收煤礦後函請稅捐處函告稅則法令的公文呈庭核閱，結果稅捐處查出是他們新舊處長交接時，把各國營事業這類查詢如何辦理繳稅公文的函件沒有答覆就糊裡糊塗歸了檔啦，稅捐處查明屬實，自知理虧，趕忙撤回告訴，一面到旅館表示歉忱。接談之下，那位處長是筆者世侄，經他挽留，既到承德，應當逛逛熱河行宮。而與我同去的鮑科長的尊人，晚清時期在行宮當過差，家裡還存一份熱河行宮全圖，按圖而行，雖然有些地方宮華萋冷，城闕生塵，總算保管得大致不差，依稀還能揣摩得出當年勝景。

光陰彈指，一瞬又是三十多年，靈臺縹緲，歷經世事，北望雲天，遙想滿山煙草，雲冷蒼梧，令人不敢想像了。

從尚方寶劍談到王命旗牌、遏必隆刀

臺灣三家電視台上演的古裝連續劇，時常有八府巡按代天巡狩，欽賜尚方寶劍的熱鬧場面出現，這無疑是受了平劇的影響。究竟實際上有沒有尚方寶劍，倒是一個有趣的問題。

尚方寶劍古已有之

夷考歷代史籍，只有《漢書》上有一段「成帝時槐里令朱雲，上書願借尚方寶劍斬佞臣張禹」的記載。明朝誠意伯劉基的詩文集裡也屢屢提到尚方寶劍，對於京派按察各地的欽命人員，漢代有代天巡狩的刺史，明代十三省有一巡按御史，這些欽差是否賜有尚方寶劍，對於元惡大憝可以先斬後奏，《漢書》、《明史》雖然都沒有明文記述，可是從劉漢到朱明，尚方寶劍這個名稱，古已有之，是毫無疑義的了。

王命旗牌權威赫赫

清代職官沒有巡按設置，各省則設有巡撫，那等於現在的省主席，是地方行政長官，跟巡按性質完全不同。清代在建國之初仍沿明制，時常有欽命大臣巡察各地，那是為了兵燹之餘，洞察民隱，撫輯軍民的，並未樹立專折，更未拘於品秩，只是選賢任能，搜隱闡微，差畢覆命，屬於臨時差遣，不是固定常官。後來因各省軍政繁劇，總督軍務遂為定員。朝廷為了增加其生殺大權，壯其威勢，每賜有王命旗牌，凡屢犯死囚須立即處決者，得拜王命旗牌便宜行事。在督撫衙門，「請王命」是一樁極為慎重的大事，在押死囚為詢供定讞，督撫朝衣朝冠，取出王命旗牌焚香叩拜之後，立刻推出處決，不必等到奏准之後再來行刑。據說當年慈禧寵監安德海下江南造龍衣，一路上招搖撞騙，在山東境內被巡撫沈葆楨緝獲，就是請出王命旗牌將安德海就地正法的。

舍親札克丹是清封世襲罔替的鐵帽子公爵，每年農曆六月初六如果是晴朗好天，他一定在府裡銀鑾殿的月臺上，把家藏御賜的金甲戎輅、鞍勒銜轡以及玩服珍奇晾晒一番，除了令旗、令箭（跟戲臺上道具大同小異，只是尺寸稍大，製作精細紮實）外，最引人注目的就是王命旗牌了。「王命旗」是藍綢子縫製的，二尺五寸見方，鑲有五分寬黑緞子邊，兩邊都是用金線繡的滿文「令」字，下方正中鈐以兵部朱紅大印，這是清代最早的王命旗。到了咸同年間，曾國藩以欽差大臣討伐洪秀全，朝廷所賜的王命旗雖然加繡漢文「令」字，可是比起開國時代的王命旗就草創簡陋多了。「王命牌」，圓形，大有一尺二寸，是櫸木製的，朱漆髹金，環以龍紋，金鏤列彩，瓔珞煥爛，正中也漆上滿文「令」字並烙上兵部大印，懸在一枝八尺長丹虯赤纓鏤金血檔的鑌鐵鎏金槍上，份量很重，扛著走已經感覺壓肩，遑論舉起揮舞啦！湘軍攻下金陵，太平天國的忠王李秀成被擒，本應送京獻俘，曾文正深慮國是初定，一路遞解恐怕別生枝節，一時權宜也是請出王命旗牌，就地凌遲處死。由此看來，清朝的王命旗牌權威赫赫，跟尚方寶劍似乎沒有什麼兩樣。

遏必隆刀深藏內庫

清代雖然沒有欽賜尚方寶劍，可是為了增加統兵大員的權威，並示榮寵，另有寶刀的頒賜。見諸史籍的有清太祖努爾哈赤第五女和碩公主所生的兒子遏必隆，因為跟隨皇太極與明軍交戰，屢建奇功，賜封一等公，尋授議政大臣、領侍衛內大臣。順治薨逝，康熙即位，遏必隆受遺詔與鰲拜同為輔政大臣，賞戴雙眼花翎，加太師，並特賜御府寶刀。據說他受賜的那把寶刀是淬鋼合以金剛石混鑄而成，出自當代鑄劍名手，刀泛異彩，舞起來光霞閃爍、寒氣森森，刀身雖長僅二尺五寸，可是削鐵如泥，是清太祖當年衝鋒陷陣、斬將搴旗隨身攜帶的寶刃，刀以人傳，後世就叫它「遏必隆刀」了。後來鰲拜恣專獲罪，因遏必隆明知鰲拜之惡，卻緘默無言，又不劾奏，遂把遏必隆一併下獄論死，繼而康熙念他戰功彪炳，又是勳臣之裔，僅奪去一等公，收回太師封贈，仍讓他宿衛內廷，可是那把寶刃收歸內府，迄未賞還。

遏必隆死後，由他次孫訥親襲爵，歷侍雍正、乾隆兩朝，恩眷甚隆。乾隆十三年，大金川土司改革布什爾土司，侵犯邊境，川陝總督張廣泗進討無功，旋命訥親為經略大臣，率領禁軍督戰，依然無功，於是將張廣泗繫獄、訥親奪官，同時派御前侍衛鄂賓賞帶遏必隆刀，監視訥親還軍。到了斑斕山就命鄂賓用訥親祖父（遏必隆）曾蒙恩賜的寶刀將訥親梟首軍前了。

這把寶刀自從血刃訥親後，一直深藏內庫。到了咸豐初年太平軍的洪秀全在金田起義，聲勢日壯，文宗奕詝派賽尚阿為欽差大臣，馳往湖南圍剿，除了頒發庫帑紋銀二百萬兩以充軍實外，又從內府搬出那把遏必隆刀，賞給賽尚阿以壯軍威。哪知那位「扶不起的阿斗」，屢失戎機，最後褫職解京治罪，發戍軍台，改任徐廣縉為欽差大臣，署湖廣總督。當時廷諭寄廣縉云：「如有遷延觀望，畏葸不齊，甚至賊至即潰，賊去不追，貽誤事機者，即將朕賜之遏必隆刀軍法從事，以振玩積，而肅戎行。」由此可證，賽尚阿獲罪，這把寶刀並未繳還內府又轉賜徐廣縉了。後來徐廣縉也因督師不利坐失戎機，改派向榮接替，徐廣縉拿解進京時，遏必隆刀也一併繳還。

據說清太宗另有一把神刀叫「小青鋒」，長不及三尺，鋒利無比，每日臨朝，有一侍衛負之而形置於御座之旁，頃刻不得少權。世宗繼承大寶，仍循舊例，後由江南八俠潛入宮禁把小青鋒盜去，從此這把利刃即未再現。到了光緒親政，仍照祖制，每次臨朝，有四個小太監各抱寶刀一口，肅立御座左右。這四把刀都是兵器庫裡的精華：一把叫「素光刀」，曾由載澤之祖惠親王綿愉佩帶過；一把叫「銳捷刀」，蒙古科爾沁王僧格林沁任參贊大臣，指揮軍事佩帶過；一把叫「神雀刀」，勝保圍剿太平軍時曾蒙特賜佩帶過；另一把就是那把見過血光的遏必隆刀，最後在清宮派上用場。

輾轉他人下落不明

到了民國五年，清社已屋，正是袁項城新華春夢、黃袍稱帝時候，蔡松坡忽然雲南起義，聲討國賊。老袁派兵入滇，又怕入川將士二三其德，不肯用命。偶然想起阮斗瞻（忠樞）跟他說過遏必隆刀的故事，於是派了內長史楊雲史進宮，向遜帝索借遏必隆刀一用，清室悚於袁的威勢，奉命唯謹，趕忙派內務府大臣世續齎送那寶刀到新華宮請賜賞收。老袁慎重其事，選擇一個黃道良辰，召集文武百官在居仁堂舉行出征授刀榮典，親自授給西征軍的軍政執法大臣雷震春。

雷震春兜鍪犀甲，奉了「如朕親臨，先斬後奏」的口諭，興致匆匆捧刀而出，星夜馳赴軍前督討。誰知雷的前軍剛踏入川境，陳宧、陳樹藩、湯薌銘先後通電獨立，一劑「二陳湯」把洪憲的皇帝夢驀然驚醒，由於憂傷過度，不幾天也就龍光遽奄，魂歸洹上了。

雷震春乘興而去，哪知晴天霹靂遭逢驟變，只好帶著御賜寶刀，悄悄搭乘江輪回到金陵。馮國璋給他洗塵，席間談起了遏必隆刀，雷只好請出寶刀，讓馮華帥鑑賞。馮嗜古有癖是出了名的，拿著寶刀摩挲揩拭，不忍釋手。雷一想洪憲失敗，自己大名已經通緝有案，在馮的庇蔭之下，尚可鷦寄一時，為了討好華帥，索性恭請笑納。馮就藉口雷居無定所，恐防有失，為策安全暫時代為保管，寶刀將來仍要繳還國庫。從此遏必隆刀的消息又沉寂了二十多年。

日寇竊據北平時期，前門外廊房頭條的第一樓有一家專賣景泰藍的銅器店，玻璃櫃裡陳列一把東洋劍，鰈帶緹繡，劍鞘嵌有三粒金星，索價萬金，據稱係日本幕府時期名劍。另外還有一柄寶刀，刀鞘用黃綾包裹，拴著一張黃色紙籤註明東甲洪字第若干號遏必隆刀，有人詢價，鋪中執事說：「此係友人寄賣，如有人看中，可約時與刀主人面洽。」那把刀是否真的遏必隆刀，就不得而知了。

此事一晃又是四十多年，如果那把寶刀沒有遇到識貨的行家，恐怕早已回爐重淬，當作凡鐵來使用了。因為朋友們談起尚方寶劍，聯想到王命旗牌、遏必隆刀，所以把它們一一寫了出來，或者可能給將來寫歷史劇的朋友作為參考。

槍口對準自己嘴巴

鴉片這個名詞是外來語譯音，癮君子給它起了個吉祥名稱叫「福壽膏」，至於抽上福壽膏是否能夠多福多壽，那就只有天知道啦！最早，鴉片煙都是舶來品，最受癮君子歡迎的是人頭土。特號人頭土，每隻淨重十八兩七錢，鷹頭標記小號的一隻也有八兩五錢，無論大小都用油棉紙層層包裹，騎縫處都蓋有圖記浮水印。大號人頭土確實有人頭大小，所以人頭土久而久之就成為印度大土專用名詞了。

另外有一種從產地就熬成的煙膏，一兩一盒，固封在薄鉛皮扁盒裡，盒上壓有老鷹展翅的標誌，刷上金紅色亮漆，人們叫它洋土，又叫紅土。洋土也好，大土也罷，反正都是從大英利統治下的印度運來中國，殘害我們老百姓的。

有錢有閒貪享受

中國幅員廣袤，有若干省分土壤氣候是適宜種植鴉片的，利之所在，人爭趨之。雲南跟緬甸、老撾、越南接壤，首先種植了鴉片，漸漸四川也試種成功。西北地廣人稀，薩拉齊是西口土的黃金產地；塞上風高，熱河土算是北口最夠勁的大煙。一般老槍公認為雲土味淡而雋，芬芳似桂；川土味正勁足，苦後回甘；熱河土醇厚甘柔，溫而不燥；薩拉齊土入口香中帶澀，湛香繞鼻。至於印度來的人頭土除了味厚香醇外，還有一樣妙處：癮君子多數大便乾燥，最怕瀉肚，一鬧痢疾，十之八九變成不治之症，如果手邊有真正人頭土吸上兩筒，立刻痢癒瀉止，有立竿見影之效。所以後來煙禁森嚴，人頭土在中國絕跡時，有人把包人頭土的油棉紙拿出來賣（**上面或多或少總會沾點煙渣子**）。一張油棉紙，也要賣上三幾塊錢，拿來熬煙膏時用它來過淋，也能治好痢疾呢！

抽大煙是有錢有閒階級仕女們的高級享受，除了認準煙的產地外，為了怕煙客上臉，講究用冷籠清水膏子，不摻絲毫煙灰（**叫做清膏**）。有些人抽了若干年鴉片，臉上毫無煙容，就是平素專抽不摻灰的清水膏所致。煙膏之外，煙燈也是重要工具之一，抽煙的人講究火要穩、罩要明、煙要亮，煙泡在斗門上，不需用籤子撥弄就能一吸而盡，這種精品叫太古燈，也是舶來品。煙燈罩是把整隻煙燈罩住，密不透風，罩子厚重晶瑩，煙座彩錯鏤空，甚至有用十彩琺瑯七寶燒嵌的，奇矞華縟，備極淫巧。大的燈具能做個銅絲架子，放把小茶壺燉著濃茶；小的燈具全份握在手裡，讓人不覺。好燈必須有好斗配合，最著名的煙斗是壽州孫寡婦斗，據說她燒製的煙斗，所用澄泥都是九淘九洗，然後入爐的，斗心有單套、雙套、三套之分，斗面有書畫、嵌絲、描金之雅，就燈啜吸，音響各異，既不糊斗，又不截火。清末有位封疆大吏，極富收藏，僅孫寡婦斗就有四十餘枝，刻削蟠屈鋼素丹漆，燈斗配合，相得益彰，似珠縱意，通暢如常，不能不令人嘆為觀止。

燒煙泡必不可少的是煙籤子，據說煙籤子以張三泮做的最好。他的製品鋼純質柔，不彎不斷，每兩枝為一對，雌雄對彎，卡在一隻粉鏡盒大小的扁木匣內，籤子頭上雕戈金縷高雅脫俗，最妙是不沾不滯，滾煙搓泡，圓轉自如。煙槍則鬩犀羚角、龍骨象牙、陰沉笳楠，或利其清柔，或取其浥潤，朱竻竻根雕鏤各依其勢，槍頭槍尾木刻金縷，嵌珠繢玉，豪門巨族槍架煙盤更是酸枝、紫檀、螺鈿、剔紅，爭奇鬥靡技巧橫出。

清朝的慈禧皇太后是最會享受的一位女君王，因為道光、咸豐對於鴉片都是深惡痛絕的，所以兩帝在位，宮中妃嬪沒有任何一人敢於嘗試偷吸的，及至咸豐在熱河晏駕，肅順、端華等人陰謀奪權，慈禧跟恭親王奕訢，叔嫂裡應外合，弭平巨變，兩宮回鑾，垂簾聽政。慈禧在新喪之後綜理萬機，自然有時疲憊難支，於是才有內務府人員進呈了福壽膏，附帶一份精美煙具。慈禧偶或吸上個三兩筒，居然有提神益氣之效，不過她抽鴉片是瞞著慈安的，所以每次抽煙都是躺在左邊抽兩口，又換右邊抽兩口，趕忙起身。據說換邊抽煙，可以免得把面龐長偏，不睏燈，起身立刻用熱毛巾搗搗臉，臉上就永遠不帶煙容。

慈禧到老年仍舊是愛美成性，抽煙又是她隱私，避著慈安不願公開的，加上太醫院不時配進潤顏飲劑，所以慈禧吸食鴉片，就不十分引人注意了。溥儀出宮後，清室善後管理委員會成立後清點各宮財物，還有人說何以沒看見鴉片煙具？自慈禧故後安葬東陵，她日常使用的東西一古腦兒都附葬地宮，掖庭自隆裕以迄瑾、瑜、珣、瑨四位貴妃都是只吸旱煙、水煙，不抽鴉片的，自然宮裡就找不到有什麼精緻的煙具留存了。

北洋軍閥煙癮大

在北洋軍閥中，湖北督軍蕭耀南素有「長江一條槍」之稱，他不但煙癮奇大，且珍異充牣，而蒐集的名槍也最多。他的煙房裡有兩排特製的槍架子，上一排是各國製造、剔金淬銀、象牙鏤刻的靈巧手槍，下一排就是他心力所萃、珠切象磋、玉琢石磨的寶槍了。在所有煙槍中他最喜愛的有兩枝，一枝九轉金丹、虬龍顧甲竹節槍，一枝九瘿十八瘤的竹根槍。前者在蕭故後，流落在外，被漢口後花樓開土膏店的顧阿四以重金買去了，他在他的三益土膏店三樓另闢雅室鋪設煙榻，那根寶槍從大樑繫下來，所有來抽煙的煙客，凡是好奇要試吸一下，約定每人以兩筒為限，順序而前，煙榻左右，整天都是大排人龍。後來跟常去的老槍打聽，才知道抽煙「槍要熱，斗要飽」，三益那枝寶槍，斗足槍熱，用那枝槍抽一個泡能抵五個泡的功效，難怪有人對這枝槍上癮，每天必須提槍就燈吸上兩筒，否則就像癮沒過足似的。先還覺得奇怪，後來經說破其中秘密，我才恍然大悟。

直魯軍的褚玉璞，在張宗昌手下固然是員能征善戰的驍將，可是在黑籍中更是赫赫有名的人物。褚在魯南沂蒙山區拉大幫的時候，外號人稱「褚三雙」，一是雙手能放盒子炮，二是耍起雙刀來滴水不入，三是能用並蒂蓮蓬斗，兩口大煙一齊吸下，能吹出衝鋒陷陣腔調。後來他歸順辮帥張勳，把煙槍中瑰寶翠嘴玉尾犀角槍，連同翡翠並蒂蓮蓬斗一併呈獻辮帥當見面禮，從此褚三雙的綽號變成「褚二雙」才漸漸被人淡忘了的。

剿共時期，先總統　蔣公在廬山分批召集全國各軍事將領集訓，民國二十二年東北將領以萬福麟為首，有七八位同時奉召到廬山受訓，大家同是老槍階級，也知道山上軍紀森嚴，如有觸犯，絕不寬貸，大家一到漢口，就先到武漢綏靖公署向何雪竹主任報到求教。何原本也是此道中人，深知個中甘苦，早已讓高參楊欽三洽妥每位配好一副戒煙丸攜帶上山，每日三餐各服一次。起初大家還是心中忐忑、惴惴不安，恐怕煙癮發作，等到出操上課，都能隨班進退，毫無痛苦，心神才篤定下來。等到結訓下山，何雪竹主任早在太平洋飯店設宴給他們接風慶功，酒足飯飽之後，其中一位忽然打了一個哈欠，這一來不要緊，立刻把大家煙癮勾上來，有的頓覺渾身酸痛，有的涕淚交流。好在軍訓結束，即將返防，已然毫無顧忌，於是紛紛就榻開燈，狂吸過癮，一時煙霧瀰漫，香聞十里，凡是在太平洋樓下經過的行人，都要佇立仰視，聞上幾鼻子才肯走開。有位小報記者說：大兵天將在太平洋飯店設下五雲芙蓉大陣，一時傳為笑談。

在八國聯軍竊據北京時，紅極一時的賽二爺金花過了盛年之後，隱葉孤花，自惜伶俜，心裡抑鬱不舒，所以也染上了鴉片嗜好，雇了一個專門給她打燒煙的小陳媽，整天給她燒煙、伺候茶水。據說她每天分三次抽煙，每次十二口，煙泡要打得小而緊，火候老嫩要恰到好處，一到抽煙時候，必須立刻到嘴。有一次飯局夜歸，小陳媽的煙泡還沒打好，燈捻又告不濟，她迫不及待吞下兩枚生煙泡，立刻頭暈目眩、嘔吐不止。有位記者不辨青紅皂白，發了一條消息，說她與新歡口角，服毒自殺，害得她到處闢謠。她的女傭小陳媽，因為這次新聞反而博得煙泡高手美譽，後來被北平煤市街一家土膏店知道，聘為二老闆，一方面給客人燒煙，有時談談賽二爺往事，倒也混得不錯。唱蹦蹦戲的小白玉霜，在未拜白玉霜學戲之前，原是這家土膏店的燒煙女郎，她煙燒得圓潤鬆柔，就是小陳媽傳授給她的呢！

漢口人叫煙館打煙的為煙猴子，每人一塊漢玉或翡翠煙板，打煙泡就在玉板上翻滾。漢口最有名的一位煙猴子叫胡老四，他能把煙泡打成十二生肖，最妙的是他打的彌勒佛長耳蟠腹、憨態可掬，用錫紙包起來，可以三天不溶，可算一絕。

小曼暗戀阿芙蓉

有絕代佳人之譽的名女人陸小曼染上阿芙蓉癖，是受了上海名票翁瑞午的誘導。翁原是世家子弟，除了祖遺的古董字畫之外，還擁有一座茶山。小曼自與王賡仳離改嫁徐志摩後，在天馬會平劇彩觴時跟翁瑞午唱了一次《販馬記》、一次《玉堂春》後，翁瑞午就陰魂不散纏上了陸小曼。小曼體弱多病，瑞午有一手推拿絕技，時時推拿也就不知不覺由扳個尖而抽上癮了。志摩看小曼陷溺日深，於是勸她戒掉鴉片、遠離瑞午。兩人由言語齟齬爭執反目，小曼突然發了小姐脾氣，從煙榻上抓起煙燈、煙槍，從樓口擲下樓去，一隻銅煙盤從志摩額角飛過，雖然僅僅擦傷一點油皮，可是把志摩的眼鏡玻璃打得粉碎。詩人一怒之下，忿然搭機飛平，打算重度他教書生涯，誰知飛機就在離濟南不遠的黨家莊上空遇霧撞山，一代文豪就這樣機毀人亡，龍光遽奄了。出事之後，小曼自然是深感內疚、素服終身，可是她由於體弱多病、心情惡劣，鴉片反而越抽越多，骨瘦如柴、面目黧黑。到了民國五十年，翁瑞午變盡賣絕，終於一病不起，在彌留時，唏噓的說出一句良心話：「我勸你抽鴉片，我把你害苦了。」陸小曼萬斛閒愁，沒過幾年也就香消玉殞了。

李鶴章的侄孫李瑞九，是當年上海名公子之一，他娶的是上海名閨盛三小姐（盛宣懷之女），兩人煙癖都很深，一榻橫陳，兩燈相對，倒也怡然自得。他們夫妻抽煙，從不睏燈，也不喝一口釅茶把煙壓下，所以他們夫婦男則雍穆雅潔、翩翩裘馬，女則柔曼修嫮、風度華豔。有一次盛三在酒後吐露她保顏秘訣，說是她每晚睡前吃一碗生拆嫩雞粥，所以紅顏永駐。這個秘方是否靈光，則有待美容專家們去研究了。

早年北平梨園有個傳說，唱鬚生的如果能抽兩口大煙，嗓筒的韻味自然好聽，所以從老一輩譚叫天，到後來的余、馬、言等人，都是十足的癮君子。其中最有趣的是言菊朋，言在夏天喜歡穿黑紡綢大褂，冬天愛穿黑摹本緞的棉襖。他經常在北平舊刑部街哈爾飛戲院唱夜戲，他住在北新橋箍筲胡同，上園子之前，在家把大煙抽足了才動身，可是從北城到西城，就是汽車也足足要走個半小時，前半齣煙勁還足，可是到了後半齣就頂不住了。

當時禁煙雖然時鬆時緊，可是還沒有哪一位名角，膽敢在後臺開燈過癮的。言三爺的好友大律師桑多羅，住在西單白廟胡同，跟舊刑部街是前後胡同，所以言菊朋只要是「哈爾飛」有戲，必定是先到桑宅過足了煙癮，然後到園子裡扮戲。言三跟叔岩犯同一毛病，不但喜歡睏燈，而且喜歡一邊燒煙，一邊用煙籤子亂比劃，拍板講身段，所以甩得滿身都是煙膏子。天長日久，煙膏子就點點滴滴都黏在衣服上了，好在他穿的是黑色衣服，所以不十分顯眼。菊朋知道桑大律師家裡永遠有整瓷缸煙膏子放著，所以他到桑家從不帶煙。有一次桑多羅煩他唱《讓徐州》，他偏偏要唱《伐東吳》，桑自然心裡不痛快，等言三來到，他故意把煙膏藏起來，說是膏子剛剛抽完，還沒來得及熬呢！言三在無可奈何情形之下，點上煙燈發愣，忽然發現袖子上有一小塊煙膏子，於是左摳右抓，居然讓他打成幾個煙泡來過癮。後來桑大律師把言菊朋的黑大褂叫富貴衣，這個典故就是從摳煙渣兒得來的。

王潤生鐵面無私

抗戰之前在陝西禁煙，曾雷厲風行了一段時期，當時省主席是蔣鼎文，民政廳長是王德溥（潤生），建設廳長是雷寶華，高等法院是黨院長，民政廳長還兼任陝西全省禁煙清查督辦。蔣氏因公到南京述職，省政由民政廳長代行。有一天，黨院長跟雷廳長聯合在黨府宴客，客人都是當時黨政軍高級主管，酒後餘興，有人提議把煙盤子端出來，點上煙燈大家吹兩口玩玩。本來可以相安無事，偏偏有人說了句：「今天嘉賓雲集，禁煙法令可以暫時放寬了吧！」這句話簡直讓主管禁政的王潤生先生下不了臺，他一聲不響，招來了保安隊員把黨公館團團圍住，按情節輕重，拘的拘，押的押，鬧了個雞飛狗跳。於是大家分頭找人向王廳長說項求情，哪知王潤生鐵面無私，一律婉拒，甚至蔣鼎文從南京打電報來關說，他依舊公事公辦，毫不徇情。僵持到後來，無法可想，終於把那位強項不屈的王廳長調升為內政部常務次長，這個問題才算解決。這件事是禁煙聲中政海一段逸聞，現在知道此事的人恐怕不多了。

泰京識小錄

民國七十年剛剛過了農曆新年，蟄居無聊，又動了遊興，於是搭乘韓航直飛曼谷的班機，做第三度佛國觀光。飛機下午一點二十分從中正機場起飛，整整飛了三個小時，就在曼谷的廊曼機場著陸了。中途不經香港，免去了香港上下飛機之煩，航程又縮短兩個小時，實在方便了很多，唯一缺點是那班客機上，空中小姐先生們沒有一位聽得懂國語，對於英語似乎也不甚靈光。機上旅客有兩種應填表格，一種是海關報稅用的，一種是入境檢查用的，字小格密，項目又細瑣繁雜，加上高空氣流動盪不定，讓旅客在寬不盈尺的活動小餐桌上填表，趴不下、伸不直，實在是件苦事。我前幾次出國旅遊，就曾向所乘飛機的公司建議過，旅客填表格，何不隨票附發，再不然規定凡有不諳填表的旅客，隨機服務的空中小姐先生們應當有代客填寫的義務，那才是真正便利旅客的一項措施呢！

民國六十二年第一次到泰國觀光，飛機在廊曼機場一著陸，覺得機場大廈崇臺重宇，軒昂宏偉，比我們松山機場氣派多了；事隔三五年，此次抵步只覺得廳事逼仄，人煙稠密，比起我們中正機場的奐奐新廈，似乎又相形見絀了。

曼谷的市容

曼谷最堂皇偉麗的地區要算臘差威堤皇宮一帶了，御河映沼，流水亹亹，飛簷鴟甍，金飾鱗鬣，一直保持一貫的雄偉壯麗。僧王「頌綠拍亞拉益翁沙谷禾然」駐蹕的佛寺翠瓦金鋪，丹楹碧牖，黃衣僧侶，說經談偈，比起皇宮又是一派莊嚴寶相。市區愛侶灣大旅館，瓊圃丹垣，塗金異獸，那座石龕裡供奉貼金古佛，花串香燭堆積如山。從前是夜幕低垂，華燈初上，才有人來燒香許願；現在香火鼎盛，不分晝夜，一般善信雜沓紛來，甚至有人請了冠兜鏤空，黻衣繡裳，豔婉怡人的少女在佛前歌舞翩翩、添香還願，雖然地當要衝，人車塞途，員警視而未見，認為理所當然，從未加以干涉取締，這大概是佛國特殊情景吧！

泰國原本是大象王國，在原野山林搬運笨重木材器物，都由大象擔任，可是在車水馬龍的大都市裡，這種巨獸是很難得在街頭出現的，這次到曼谷住在「是隆路」，這條街是六線通衢大道，公司、銀行鱗次櫛比，來往的車輛川流不息，想不到居然有人牽著大象姍姍而行。象身上除了披著五色纈花、彩繪複雜的錦衣外，另外還掛著一塊白布紅字的泰文說明，大意是如欲乘坐，二十分鐘索值泰幣十二銖。象身上綁有一座木雕髹金的亭子，坐在亭子裡可以縱覽市景，光顧的自然全是好奇的觀光旅客，看象奴臉上笑容可掬，生意大概還不錯呢！

市中心區有座歷史悠久的鑾披尼公園，雖然沒有古榕蒼松，幽泉漱石，可是細草平鋪，嫩綠如茵，每日晨光熹微，就有練外丹功、打太極拳的男女老少各自練起功來，再加上跳迪斯可、土風舞的紅男綠女點綴其間，把公園早晨點染得朝氣蓬勃，令人身心俱暢。

市區內還有一座考莽動物園，虎、豹、獅、象、河馬、犀牛樣樣都有。泰國人對於看大象，如同北方人看小毛驢一樣，看得太多了，毫不稀奇，所以象房裡一大一小兩隻象，除了招引些國外遊客拍照外，泰國人很少到象檻這邊看看的。園裡蒐集猿猴的種類，多達四五十種，有一隻老猴，照檻柵所懸木牌說明，計齡已在四十歲以上，獨居一棟水榭，向陽捫蚤，老境岑寂，彌覺可憐。

曼谷的廟宇

泰國是佛教國家，據說泰國全國寺院達一萬八千多所，僧侶二十餘萬人，以曼谷來說，大小佛寺就有一千多所，到泰國觀光，逛廟是列為主要觀光項目之一的。筆者是第三度來泰觀光，所有曼谷和近郊的一些佛寺，大概都隨喜過了，最著名的金佛寺、玉佛寺、鄭王廟、臥佛寺、大理石佛寺，還有印度佛寺，甚至去過兩、三次。這次因為有朋友託我買一尊掛在脖子上的鍍金佛，所以又去了一趟臥佛寺。寺內到處都在髹漆彩繪，可見泰國政府在觀光事業方面，還是肯下本錢的。臥佛寺進山門第一進，路西有一排房子，門上掛著一方木牌，說明內有精通醫理、技術高明的按摩師，如要按摩，請即入內。進門有座小櫃臺是收費處，兩旁各有一條長木匟，枕褥齊全，男左女右，繳費之後，即可登匟接受按摩。我在臺北讓「馬殺雞」鬧的，已經多年不敢鬆骨按摩，有此機會自然不願放過，同時可以試試泰國按摩的手法為何。按摩一次收費六十，外國人則要加倍一百二十元，本來觀光客都想試一試，可是一聽外國人要加價一倍，雖然為數戔戔，大家心裡都有點被刨黃瓜兒（杭州人管敲竹槓叫「刨黃瓜兒」），把外國人當洋盤的感覺。到北攬參觀鱷魚潭，對外國人門票也是加倍，這種做法非常招致觀光客的反感，不知泰國主辦觀光事業當局，有沒有加以改善的決心。在第二進內廳前方有一株櫸木，旁邊有一堆石岩聳立，其中有一塊石筍秀起，筍身貼滿金箔，彩牒綺紈，層紮疊裹，而在石筍前焚香膜拜的青年男女，一個個神情肅穆，狀至虔誠。據說這是若干年前，從印度請來的「佛勢」，凡是久婚不孕婦女，可以前往求嗣，如想藍田種玉，必須許願添香，定獲麟兒，所以香火鼎盛。這跟北平東嶽廟摸銅騾子同一心理作用，歐美遊客好奇，紛紛在此拍照留念。

曼谷凌晨有一街頭奇景，就是黃衣僧侶科頭跣足赤著半臂，托鉢化齋。有些虔誠的善信在街口，把新出屜的米飯、剛炒好的蔬菜，用食具托著，跪在地上等僧侶前來再虔誠奉獻。僧侶們一人拿不了太多的飯菜，每人還隨帶十四五歲小僮一名拎著提盒，回到廟裡飯菜彙集，大家共享。泰國僧侶都恪守戒律，過午不食，只能喝點牛奶、果汁而已。泰國大街小巷都能看到和尚，可是各大廟宇香客任便出入，很少看到僧侶，就是在廟裡遇到，他們也不招待客人的。曼谷三月，已入盛夏，各地大專院校開始放暑假，一群群男生紛紛把垂肩長髮剪掉，剃成青鬖鬖的光頭，穿上半臂僧衣，由家人親友，鼓樂喧天送到寺院裡去參禪禮佛，時間最短三星期，最長三個月，等暑假終了，再行蓄髮還俗，照常回到學校上課。有一位會說華語、剛剃度的僧人，我問他削髮學佛的動機和感想，他說：「父母生我育我，皈依佛祖，可以給父母延壽免災，仰答親恩。況當炎炎盛暑，廟宇宏敞深邃，可以躲避塵囂，求個心淨，冥息自省，可以悟出若干做人處世之道。少年夏令營是動的訓練，當和尚是靜的潛修，其中自有玄機妙諦，不是俗家所能體會得到的呢！」他年紀輕輕，出語微妙通玄，而且狀極虔誠，看得出是發自內心，這就是泰國佛教賅情育理的無上心法吧！

泰國的娛樂

泰國人十之八九都是樂天派，人人懷著今朝有酒今朝醉的想法，只要口袋裡有幾張鈔票，總要想法子花掉，心裡才能踏實。每月到了發薪日子，茶樓、酒肆、浴室、歌廳，家家客滿，雖然娛樂界老闆個個叫苦連天，口口聲聲說市面蕭條，生意難做，可是每晚華燈初上，拍蓬路一帶風化區，人影衣香，花光酒氣。有些大膽的阻街女郎袒胸露背，纏住路人不放，牛鬼蛇神，花樣百出，除了一些流浪客、爛水手之外，正經人都避道而行，免得惹上麻煩。

最近曼谷開了一家叫「蒙娜莎莉」超級按摩院，雇用了四百多名身材健美、技術高超的按摩女郎，據說這是泰國政府正式核准的第一百一十八家按摩院，報紙上替它宣傳，這是世界上規模最大的按摩院。前幾年曼谷開了一家叫「金妮」的豪華浴室，眾香國裡美女如雲，宣稱陪浴女郎多達一百二十多位，已經轟動一時，跟現在的「蒙娜莎莉」比起來，似乎微不足道啦！曼谷又有幾家專演西片的電影院，聲光設備、座位都還夠水準，專演中國片的「樂聲」也還不錯，有些二三流的戲院，嘈雜髒亂，空氣惡濁，那就無法涉足了。有兩家叫「王子」、「百樂匯」的電影院，是專演成人電影的，報上所登廣告措詞黃色低級，已經不堪入目，可是從來也沒聽說政府主管機關加以干涉過。此外曼谷有幾條街，也有像新加坡那種男扮女裝的人妖市場，有些觀光客基於好奇心理，常常透過旅行社的導遊，招他們來侍坐陪酒，泰國人稱人妖為「兔崽子」。我在曼谷雖然沒有機會一睹芳姿，可是北上到清邁觀光，當地是以夜市著名的，在一家飯館進餐時，確實開了一次眼界。大家都稱讚清邁出美女，偏偏我們去的那家餐館的女侍，就沒有一個平頭整臉的小妞，當我們吃完算帳時，當門而立有一位豔光照人、盼倩粲麗的少女，倒是個美人胚子。我們一行有人認出他是男著女裝，待仔細審視，既無喉結，而唇頰光潔，不是經人說破，實在看不出他是雄而雌者，他的動作聲音，比起當年上海的鍾雪琴更自然、更女性化多了。在曼谷街頭時常碰到有人長髮垂肩，把頭髮燙成波浪型、爆炸型，敷粉朱唇，婀娜多姿，雖著男裝，可是令人疑男疑女，迷離撲朔。據警方調查這類少男，僅僅曼谷一隅，就有一萬多人，論身家學識都還是中上之家，無以名之，只好說他們是心理變態吧！

泰國的啤酒

談到喝啤酒，以我喝啤酒多年的經驗來說，比較國產啤酒，上海啤酒不如青島啤酒，青島啤酒又不如北平雙合盛的五星啤酒，而至於日本人傾全力在中國推銷的太陽、麒麟、富士啤酒，儘管摸彩贈獎，花樣百出，由於味淡而澀，不合國人口味，始終沒能把中國三個啤酒牌子打倒。後來我喝過德國的黑啤酒，丹麥的桶裝酒，前者是啜苦咽甘，香留舌本，後者是湛香浥潤，連啜怡然。

我到泰國後，小女知道我對啤酒的品質研究有素，所以把泰國幾種有名的啤酒都讓我逐細品嘗一番。泰國在市面行銷的啤酒一共有四種，都是聘請德國釀酒技師指揮監督釀造的。

（一）「Amarit（甘露）」，有生、熟兩種，其中熟啤酒在歐洲國際競賽得過金牌獎，極受旅泰外籍仕女歡迎，酒精度較低，跟美國罐裝啤酒風味接近，是暑天最佳的清涼飲料。因為味道太淡，泰國人嫌它不太夠勁兒。

（二）「Simgha（白獅）」，褐色玻璃瓶裝，泡沫極為充足，不會倒酒的人，永遠倒不滿一杯酒就泡沫四溢，而且經久不散，香氣蘊存。一般嗜酒者自然都指定要喝白獅牌啤酒。

（三）「Kloster（柯士德）」，綠色玻璃瓶，瓶蓋加錫紙套，包裝類似香檳酒，是泰國啤酒中包裝最漂亮的，而它的酒精度，據說高達十度左右，已經介乎清涼飲料與淡酒之間。泰籍人士對於柯士德最為欣賞，因而也最暢銷。

（四）「Dagak（虎牌）」，曼谷市面已不多見，據說在南部一帶銷路很好，這種啤酒味清而雋，跟臺灣釀造的啤酒酒精度、聚酚物、苦味度成分最為接近，自然風味也相同。我想進口點這個牌子的啤酒，會比美國啤酒受歡迎的。

泰國終年氣溫在攝氏十度以上，餐館冰室都用一種土製電冰箱來冷凍啤酒，在火傘高張，熱得喘不過氣的氣溫下，走進餐室叫一瓶啤酒，送到桌上時，啤酒在瓶裡呈半凝固狀態，要用竹枝在瓶裡攪動一下才能溶解。酒一倒出，飛白勝雪，觸鼻拂面，酒香誘人；啜上幾大口，暑焰頓消，味澀微甘，此中況味，非個中人是沒法領略得到的。臺灣啤酒色、香、味都屬上乘，只是泡沫微嫌不足，而且不能經久，瞬息消散，如果餐館器皿洗拭不夠乾淨，沾點油腥，那麼泡沫消失得就更快。當年上海靜安寺路「來喜」、「大來」兩家德國啤酒館，酒客一進門，先奉上潔白毛巾一方。這兩家酒館都以鹽水豬腳、粉紅色什錦沙拉馳名滬瀆，凡是來此酒客，以上兩個菜是必不可少的。啃過豬腳、吃過沙拉，嘴角唇邊難免都要沾上點油腥，嚌啜啤酒，泡沫容易消失，那塊小毛巾就是提醒客人隨時擦嘴，使酒香蘊存、酒味常新。喝啤酒最忌斟滿，喝幾口又續滿，最後是苦水一杯，喝啤酒要「倒必喝，喝必盡」，才是喝啤酒的不二法門。

泰國各地餐館酒店侍應生無論男女，似乎都受過訓練，啤酒開瓶，只倒上大半杯，放在客人面前，表示敬意，不再續斟，不像臺灣酒樓的女侍應生，啤酒一來就是半打，站在客人身後，倒是翠袖殷勤，客人呷不幾口立刻加滿，最後酒不涼、汽不足，真所謂苦酒滿杯了。我想臺灣各酒店啤酒售價，已經超過公定價格好幾倍，難道各飯館的管理人員就不教教她們如何拿酒、斟酒嗎？

泰國的小吃

泰國人食量不大，就餐時間早中晚也不十分固定，所以小吃非常流行，街頭巷尾隨時可以找到形形色色的飯館、食攤來解決民生問題。純泰式早餐，大家都愛吃粥，粥分粵式、潮式兩種。粵式的粥較稀，以分不出米粒、把粥熬成糊狀者為最佳，用料多半是鱸魚、草魚，把魚剔刺切成薄片，拌以生油、豉油，加入蔥、薑絲、香菜，撒上少許胡椒粉，把滾燙的粥倒在碗裡，稍微攪動兩下，魚即燙熟。廣府人有一句口頭禪：「魚生粥僅僅熟。」所以要僅僅熟的原因，是魚肉一燙即熟，魚肉恰好滑嫩鮮甜，過熟，魚肉一老變為粗糙就鮮味全失了。講究的魚生粥，還有的加上油炸粿末、酥花生、炸末粉、鮮蟹肉等來增加鮮度。潮式的粥跟粵式又大不相同了，首先把鱸魚洗淨，切成大塊，連水帶米，放在一塊兒煮，煮到白米開花，湯轉濃郁，魚頭裡腦髓全部流出，魚香湛溢，才拿出來應市。在暖府岩旺汪路，有一家三層樓面，蓬碧達叨，掛著五顏六色霓虹燈的「亞洲魚粥店」，烹製魚粥主廚的大師傅叫「乃汶探里律蒙空軍」，他們兄弟十一人在泰國各府，一共開了十八家粥店，老店設在吞武里三黎附近，曼谷的魚粥幾乎全是他們兄弟天下了！乃汶探說：熬製魚粥的秘訣，首先要除去魚腥，至於怎樣除去魚腥味，屬於他家業務上秘密，就不肯公開了。不過魚新鮮，餐具洗得乾淨，也是亞洲魚粥店讓顧客放心大啖原因之一呢！

粿條（臺灣叫板條）幾乎是泰國人主食，街頭巷尾到處都可以看到賣粿條的，莘莘學子漂洋過海負笈遠遊，唯一想念家鄉的小吃就是粿條。民國六十三年我首次到泰國旅遊，在黃橋戲院頌拍巷口看見一家小餐館，屋裡不過六坪大小，僅能容納十位八位客人，可是屋內放著一條六尺多長的小木船，所有爐釜碗盞、烹調用具都在小船之上，當時以為是餐室的美術設計，沒有十分留意。這次乘公車去清邁，經過廊曼機場，距離機場不遠，有一座廣達數畝的鉛鐵罩棚，棚內陸地停舟舳艫相連，多達一、兩百艘，全是賣粿條的。據說一世紀前，賣粿條的，都麇集在鬧區湄南河上，划來划去營業，不但污染了河水，而且有礙觀瞻，於是把他們趕上岸來，棄河就陸繼續營業，久而久之他們不期而聚，在機場附近，成立專賣粿條市集。他們不忘本源，一律仍舊使用小船營業，雖然鱗次櫛比，因為烹調手法各有竅門，配料方法更是花樣百出，食客們各就所嗜，從來也沒有你爭我奪情勢發生。可惜汽車一閃而過，未能一嘗美味。不過在月宮戲院左首有一家專賣魚丸粿條，哇拉節有一份雞肉燴粿條，真君爺街南星停車場牛肉粿卷，都是老饕們認為風味各殊，列為粿條中上選。到曼谷去觀光，這種異國風味是應該嘗試一次的。

曼谷挽叨路有一家貴記餐室，老闆黃炳煃是子傳父業的烹調高手，他家的招牌菜是「乾凍任魷魚」。凍任魚本是一道湯菜，他把凍任材料加上魷魚，以半煎半煮的方法製成，魚肉甜美，嚼來滑嫩可口，而且酸甜鹹辣齊全，開胃之極，是一味道地的泰國菜。

據精於泰國飲食的潮州朋友說：「早年泰國人講究吃一種甜麵，近年因為甜的小吃冷品增多，甜麵就漸漸被人遺忘了，現在全曼谷只有兩家碩果僅存了。」在西舞臺陳焯剛巷有一家賣甜麵的，雖然小到連招牌都沒有，可是還保有原始風味，吃完之後，也不知他摻了些什麼作料，只覺得清香沉郁，有類布丁。問他話，他說不清，我也聽不懂，也許有些不傳之秘不願告訴別人吧！

泰國人請客喜歡用明爐乳豬，在拍崑崙大丸公司二樓，有一家月圓酒樓，他家有一味金陵乳豬，在燒烤中可算上乘。他能把皮肉燒得脫骨，乳豬皮入口酥脆，肉用香胡椒加炒，肉香骨脆，酒飯兩宜。

曼谷水門巴沙商場裡明園酒家，主廚陳偉又叫陳大嘴，早年在耀華園擔任頭廚，後來經明園經理周飛來禮聘到明園掌勺，他拿手菜是砂鍋紅棗煨羊蹄，他們用清萊飼養的大尾巴羊，清萊氣候溫和，水厚草肥，所以羊肉肥嫩而不羶腥。他用精選紅棗、鹿筋、鮑脯一同用文火煨爛，駝蹄鹿尾，肉嫩味厚，入口而化，據說老年人雙足無力，吃了可以強筋健步。每年交冬，泰國雖然溫暖如春，可是年高血氣不足的人，總要到明園吃幾次砂鍋燉羊蹄呢！

在曼谷偶然間跟朋友談起了燒餅油條，凡是在歐美多年的僑胞，回國總要吃幾次燒餅油條，其實現在的臺北也沒有真正像樣的燒餅油條了。大家都說永和的燒餅油條好，其實燒餅像鞋底照樣起酥，比起當年北平的「馬蹄」、「吊爐」、「發麵小火燒」不但味道不同，樣兒也不像了。油條直咕籠統，長而且粗，離開油鍋不久，就發軟嚼不動啦，什麼小套環、油炸檜、糖皮、鍋鼻連樣子也沒有了。有一位旅泰多年河北香河縣的老鄉指點，南星街有一份賣燒餅果子的，大致還不離譜。攤子是夫妻檔，攤子前頭一排小木桌、小條凳，宛如北平的豆汁攤，燒餅是發麵小火燒，油條是小套環，一瞧就知道掌櫃的不是半路出家。跟他們一接談，才知道老闆姓丁，他說：「在北平住迺茲府，家裡開粥鋪，打燒餅、炸果子樣樣都能自己動手，盧溝橋七七事變，被日本人抓伕，才輾轉流落到曼谷來，為了維持生計，又歸到老本行，賣起燒餅果子來。真還有人捧場，不是中國人就是泰國人，也有不少人時常光顧吃早點的，可惜曼谷馬糞難求，不然用馬糞熬點粳米粥，那才夠味兒呢！三十幾年流浪生活，總算老天有眼，居然還能混個差堪溫飽。」今夏初侯榕生女士寫的《又見北平》，說到北平的燒餅果子也走了樣，非復當年了，禮失而求諸野，說不定將來有一天要到曼谷去，學習怎樣打燒餅、怎樣炸果子呢！

海天樓是曼谷最古老的一家粵式茶樓，我每次到曼谷來，總要去飲茶吃早點，他的小籠點心，雖談不上精美，可是澄粉調製，確乎比臺灣一般廣式飲茶的點心高出一籌。無論蝦餃、粉果、燒賣、魚翅餃皮子，鬆軟滑潤，絕無黏在籠底露餡走湯的現象，這次在他家點了一味魚頭麵，半煨半燴，鱘羹蟹膾，可稱妙饌，不過一甌子三百銖，約合台幣六百元，價錢亦頗驚人也。

在曼谷講究吃潮州菜，很有幾家手藝高超的潮州小館。秋千架有一家榮華，炸肥腸收拾得毫無臟氣，炸得迸焦酥脆，蘸了酸而且辣的調味料來下酒，更是絕妙。當年北平東興樓有一道名菜叫「燴三丁」，是火腿、海參、肚塊；他家有一道菜叫

「炒五丁」，多了兩丁是螺螄肉、口蘑丁，口蘑已多年未嘗，吃到口裡清腴爽口，還有一種親切感。「砂鍋蟹鉗」是榮華的招牌菜，他先把肥碩鮮腴特號的大蟹螯外殼敲碎，然後用紗布裹好放在砂鍋裡紅燒，鍋底鋪上一塊脂油上蓋粉絲，脂油是防乾鍋底，粉絲是吸取蟹肉芳鮮，這道菜在臺北寧浙飯館最少要開上千兒八百元的價碼，而榮華只賣六十銖，合台幣不過一百一二十元。由此看來，泰國在飲食方面的物價，比臺灣可便宜多了。總之，真正泰國菜酸辣皆備，潮州菜講究原味，醇腴甘鮮，如果嗜食海鮮酸辣的人，到泰國旅遊，在飲食口味方面大概都能適應，比到歐美旅遊在吃喝上要舒服多了。

皇家田

距離皇宮御苑不遠，有一處廣場叫「皇家田」，早年每屆春耕時期，泰皇必定親臨勸農教耕，遇有國殤大祭，也在這裡舉行預演參拜。因為佔地遼闊，晴川媚野，平日是青年騎士練車、孩子們放風箏、踢藤球的最佳場所，可是每逢週末假日，四鄉八鎮商販雲集，搭起布棚，把皇家田四周圍成裡外兩圈，凡是一般市民日常吃的、用的，雜沓紛呈，靡不悉備。東西雖然比市面上略為便宜，可是任何東西都要討價還價，不是本地人，如果還價不當，比商店價格還要高出許多。所以每屆市集，觀光客雖然人人都要來巡禮，可是沒有識途老馬代作舌人還價，十之八九是要做洋盤。這塊市中心黃金地段，泰國政府現在計畫，已有用途，打算在曼廊市場附近，給他們興建一所新型市場，讓那些每週一集的攤販，悉數遷往營業，不過距離市區相當遙遠，雙方正在磋商條件，看來皇家田的搬遷勢在必行，只是時間問題而已。

皇家田唯一特色，是攤販所賣的吃食，都是純泰國傳統風味，是別處市場看不見、買不到的，例如賣蜂蜜的帶賣整個蜂窩，據說吃了蜂窩裡幼蛹，可以養陰潤肺，明目降火。筆者看到一位買蜂窩的朋友，他拿起巨大蜂窩捏捏搖搖，就可以估出其中幼蟲的成熟度跟數量多寡，真令人不可思議。看情形蜂窩的買賣還真不錯，短短時間裡蜂蜜還沒賣出幾瓶，蜂窩已經有四五筆生意成交了。另外有一種褐中泛綠、養在大塑膠盆裡的爬蟲，形狀有如大蟑螂，在盆裡蠕蠕而動，我先以為是廣東朋友愛吃的龍虱，泰國朋友說：「這是泰國特產的一種水介類，生在河裡的有毒，棲息海邊的無毒，用薑、蔥、大蒜、辣椒、豆豉炒來下酒，不但是雋物，而且是補品，凡是筋骨無力、風濕痛，常常吃它可以漸漸痊癒。寮國有位聲望卓著的高僧，被人擄去，囚禁在卑濕的香蕉園裡，受了半年多躓厄，兩腿痲痹風癱，就是臥佛寺漢醫研究所一位僧人指點他吃這種蟲子治好的。」可惜它只有泰國學名，音節多而且長，過後沒把它記住。

曼谷的交通

前幾年越戰方酣，我到泰國去觀光，曼谷市區自用小轎車顯然比臺北要多得多。市區幅員廣袤，八點鐘到公司的人，六點半就要趕忙出門了。在泰國交通方面有一項特別規定，郊區重載的十輪卡車，白天不准開進市區行駛，要在晚間十一點以後才能放行的。一般在市區行駛的卡車，因為泰國柚木堅實耐用，所以卡車車身都是柚木打造，輛輛漆得蹭光瓦亮，車頭鑲嵌著鍍電彩色鋁片，鏤金抹紅，彩色柔麗。可惜每輛車後排氣管都伸出老遠，急馳時黑煙滾滾，停車等綠燈通行時熱氣灼人，如果用空氣清潔測量來測定，其空氣污染程度比臺北恐怕還要嚴重得多呢！

曼谷街頭的計程車，數量雖也不少，可是車裡都沒有冷氣設備，油污處處，車墊上沾滿油漬，最大缺點是車裡裝有碼表而不計程，要先講好價錢才能上車。駕駛人既不諳英語，連潮州話也「莫宰羊」，您要是不會泰語，那只好望車興嘆了。泰國政府天天嚷提倡觀光事業，可是從來沒有訓練那班人學點外語，您說怪不怪？現在市區有軌電車雖然取消，可是市區短程交通，仍有賴於機器三輪車，一車可容三人，也要講價登車，車後消音器狂鳴亂吼，坐上半小時，無不頭暈眼花，總要過上三五分鐘聽覺才能恢復。市區的公車路線，倒是密如蛛網，無遠弗屆，上下班時間，在攝氏三十幾度高溫，大家像沙丁魚似的擠在車廂裡，其滋味如何可想而知。臺北公車司機是不關上車門不開車的，曼谷的公車根本就很少有車門的，大家攀轅附輿，讓人看了觸目驚心，他們習以為常，似乎毫無所謂呢！公車票價，每段一元，今年三月初，每段票價一度調整為兩元，乘客譁然，輿論指摘，交通當局鑑於群情鼎沸，到了三月底又把票價降為每段一元五角，一場風波才告平息。

曼谷的水果

泰國近兩年來，在農作物方面，有突飛猛進的表現。拿稻米來說，從前的暹羅米，雖然也馳名東南亞，可是吃慣了江南秈米的人，總覺得暹羅米吃到嘴裡缺少油性。這次在泰國吃到一種香米，米粒整潔細長，芳而不濡，黏度介乎蓬萊、再來米之間，頗受各階層人士們歡迎。這次到臥佛寺隨喜，看見寺裡有一個水果攤上的香蕉，每根只有小指大小，其色金黃，顯然不是畸形香蕉，而且是樹熟，剝開來吃，肉細而甜，味清而雋，可稱是香蕉中細色異品。問了攤販，才知這種「迷你香蕉」是南邦特產，不過產量不多，上市時期又短，所以不為人所注意罷了！泰國改良種「蓮霧」果大如拳，柔光映碧，皮薄水甜，甘逾梨棗，比臺灣新品種蓮霧更佳，本想帶點種子回來試種，唯恪於國際規定，果實種子進出口均有限制，只好作罷，我想如果土壤氣候適宜，農發會育種專家們，會透過正式手續引進試種的。泰國跟呂宋的芒果，都是馳名國際的珍果（臺灣管芒果叫「璇仔」），我到泰國，芒果剛剛上市，皮色青青，肉色奶黃，甜而少香，泰國人叫它「開路芒」，除了小孩跟喜歡嘗新的人才買來吃外，一般人總要等芒果大市才會買來恣啖呢！據說泰國芒果種類繁多，多達二十餘種，每一府產的芒果，都有它獨特風味，可惜去的不是時候，以致未能遍嘗珍味，盡興恣饗，十分可惜。

泰國有一種小橘子，泰國話叫「宋喬丸」，就是綠而甜的意思，產地在吞武里府挽英地區，凡是賣宋喬丸的攤販，都說他的橘子是挽英出產，直接運來銷售的，所說是否屬實，我們初履斯土的人是分辨不出來的。宋喬丸從外表來看，青裡泛黃，果實又小，毫不起眼，可是榨出汁來，黃而帶紅，不需加任何色素，只要加少許糖漿，摻點檸檬汁，不但可以幫助發揮芳香味，並且可以幫助消化，潤膚養顏。是隆路有一家一二八餐室橘子汁做得最標準，所以到該餐室進餐的食客，醉飽之餘，總要叫一杯橘子汁來醒酒呢！

椰子水是泰國人最普通的飲料，椰子用途廣泛，圍繞椰子殼的網狀纖維，非常有韌性而且耐用，可以做船上的纜繩、大型漁網、室外用的地毯。椰子樹的主幹，可以用來蓋高腳屋，並且可以做桌椅床櫃，因為老幹堅實不怕蟲蛀，是農村裡最受歡迎的木料。椰子外殼能做碗盞燈勺，據說還能用於國防工業，製造火藥、防毒面具、潛水艇內壁，甚至香煙過濾嘴也羼有椰殼粉在內。泰國人常說椰子用途比竹子還要廣泛，足見他們是多麼能利用椰子了。我們前十多年從菲律賓引進若干椰子種苗，從高雄到恆春公路兩旁種滿椰子樹，不知道是品種欠佳，還是養護失調，迄今未見充分利用，實在太可惜啦！我每次從泰國倦遊歸來，最令人難忘的是泰國的椰子水，在泰國一年四季有椰子水喝，而且物美價廉，到處有售。在臺灣喝椰子水，如何打開椰子，實在費事，而泰國賣椰子水，是先把椰皮削去一層，削得上豐下銳，有如一隻大鉚釘，其色潔白，疊放在冰箱裡。因為皮已削薄，冷氣內透，近乎凝冱程度，吃時在頂端削開一片，一根吸管、一柄鐵勺，先喝椰子水，再慢慢挖椰子肉吃。椰子水澄明芳冽，甘如醍醐，椰子肉冷玉凝脂，柔香繞舌，椰漿糖分之高，雖然沒有加以化驗，恐怕比臺灣椰子水的糖分，要高出若干倍呢！我想去過泰國的朋友，只要喝過椰子水，對於那種漿凝玉液的滋味，必定是念念不忘吧！

榴槤可以說是水果中最奇特的一種珍味，據說嗜之者榴槤一上市，手頭錢緊，就是當了褲子，也要買個榴槤來解饞；怕聞那種氣味的人說，榴槤臭逾雞糞，避之唯恐不及。東南亞蘇門答臘、爪哇、菲律賓、曼谷、吉隆玻、仰光、雅加達都有榴槤出產，據嗜吃榴槤者的品評，其中以曼谷榴槤最優，果香濃郁，糖分最足。新加坡愛吃榴槤的朋友，每年榴槤上市，千方百計總要託曼谷朋友買些榴槤運到新加坡來，航運方面，因榴槤氣味芳冽，無論包紮得怎樣嚴密，總是有氣味外洩，所以貨運飛機都拒絕裝運，足證曼谷的榴槤，是如何的受人歡迎了。榴槤之所以名貴，主要的是它非常嬌嫩，不容易培育。它對土壤的適應性極為狹窄，一定要定植在不含絲毫鹽分而要硫黃豐富的沙質土壤裡。

泰國榴槤的好壞也分地區：湄南河右岸一帶土壤裡不含鹽鹼，所以稱為極品的榴槤，都是這個地區的產品，內行人叫它「內榴槤」；左岸因為土質較差，所產榴槤叫「外榴槤」，品質甜度就趕不上內榴槤了。三月底榴槤剛剛上市，是隆路有一家大水果行是總批發，街上還沒看到設攤販賣，而他家貨架子上，已經林林總總像刺蝟一樣排滿了，論形態有長有圓，講顏色有棕有綠。舍親是這家水果行老主顧，而且每年都要大批買了運到新加坡去，所以老闆對我們特別歡迎。他知道我對榴槤的品種優劣深感興趣，一面挑選，一面不厭其詳的跟我說：「榴槤以樹熟最好吃，果殼綠裡泛黃，用指甲彈敲芒刺，回聲發空，果實就成熟恰到好處了。不過榴槤高逾尋丈，榴槤實重多刺，如果讓跌落的榴槤打中，果實摔爛不說，人雖不死也受重傷，所以在榴槤成熟前幾天，就要雇工猱升採收了。採榴槤的工資特別高，還要戴上特製的頭盔，因為果實成熟，一碰就掉落下來，工人若是被榴槤外皮的芒針戳一下，或是被果實擊中，都是很嚴重的傷害呢！榴槤最名貴的品種是『金枕』，泰國人稱它為『榴槤之王』，果肉充實細潤，味更香甜，因為長得結實，所以成熟得慢，要比一般榴槤晚三分之一時間，每株樹上結實又少，所以價格就比別的榴槤貴多啦！泰國幾十種榴槤中，『長梗』梗子特別長，『仙桃』水分最高，『水蛙』

果肉有類青蛙，特徵是纖維細長，『長臂猿』外殼棕色，顏色跟長臂猿毛色相近，『多子王』每粒果肉多達十幾瓣，『美玉』肉色晶瑩似玉，這些都是榴槤的上品，可惜三月間吃榴槤還嫌早點，再過半個月那些名種珍品才能上市呢！」他給我們一個索價泰幣五百銖的榴槤，回來剖開來看，只有五粒果肉，甜香程度，兩皆不足，不過總算今年已經嘗過鮮了。

曼谷的四大名剎

近五年來三度到泰國去旅遊，朋友們問我為什麼那樣熱愛泰國，我告訴他們說，「Thailand」在暹羅文，就是自由國土的意思，人民溫良恭儉、勤勞樸實，不像東南亞其他國家人民，對於中國人在有意無意之中，露出幾分驕人傲氣，讓人覺得很不舒服。曼谷在東南亞國家裡，可算數一數二的大都會，居民早已超過二百萬，直叩三百萬大關，其中一半是外僑，而外僑中百分之九十九都是華僑，所以泰國朋友說「無華不成市」，倒也不是虛名溢美的。這個白象王國，在十八世紀緬甸大軍傾巢來犯，一舉攻佔了當時的首都「大城」，那時有一位華裔青年軍官叫鄭昭的，收拾殘餘，在「尖竹汶」以保鄉衛民為號召，率領一百多艘各式漁船，從暹羅灣溯湄南河而上，首先奪回吞武里跟曼谷，軍威大振，不久把緬軍全部逐出國境，國土重光，在泰國歷史上形成了十四年的吞武里王朝。

鄭昭勳業彪炳，復國功高，因此贏得暹羅全民愛戴，擁立為王。這時雖然戰事敉平，而若干邊遠地區還是群雄割據、互相鼎峙的局面，當時北部清邁，叫做孟萊王國，聲勢浩大。鄭王率軍北指，攻克清邁，劃清邁為直轄邦，先後征服了老撾、柬埔寨，開疆拓土，把國土擴張了一倍以上，功勳蓋世，比以前任何王朝，聲勢都要壯大。這位開基創業神明睿智的大英雄，想不到竟被他的女婿「策格里」藉口其出身微賤，又屬華裔，於是親率所轄禁衛軍圍攻吞武里，鄭王深慮人民再遭兵燹，竟毅然下詔遜位，削髮為僧遁入空門。策格里登上王位，理應心滿意足，誰知他鴟梟成性，趕盡殺絕，把他的岳父大人緝獲歸案斬首市曹。倒是後來國人念念不忘鄭王的豐功偉績，把他墳墓建築成一座高達一百五十英呎的舍利塔，建築得塗金錯銀，藻繪複雜，層臺高聳，丹楹重柱拱衛四周，塔基底座，並雕塑一排神情高傲的怒目金剛，以資護法。從湄南河上泛舟遠眺，翠甍雲構，挺拔突兀，彷彿對鄭王最後的遭遇反映出怨懟難伸的氣氛。塔旁蓋有一座兩廈重棼的鄭王廟，又名「曙光寺」，因為飛簷啄角，都是五彩瓷片，貝殼螺鈿，雕鏤複疊而成，晨熹遙望，珠光煥爛，眾彩迷離，所以博得「曙光」雅譽。正殿供奉鄭王塑像，羅列駢車繡旃，黃旗紫纛，燈火青熒，莊嚴肅穆。殿外廣場小販雲集，泰國各地土產手工藝品應有盡有，不過那些小販總是漫天要價，要是沒有識途老馬，就地還錢，那非吃虧不可，所以沒有熟習當地商情的人陪同，外來陌生人，是不敢隨便問津的。寺內各處庭院門旁都有身逾尋丈、犀甲鐵鎧、金鉞玉斧的石質守護神雕像，彷佛中國的神荼鬱壘，可惜已有幾尊土蝕風化、頭斷手殘，而現代石匠又沒有那種高度技術來修護保養，聽其荒廢風化，過不幾年，恐怕露冷秋寒，無跡可尋了。

玉佛寺

玉佛寺是拉瑪一世，也就是殺了岳父鄭昭、自立為王的策格里所建，建廟已有二百多年歷史了。最初玉佛寺屬於宮廷中家廟，宸遊禁地，所以跟皇宮相連，後來才隔斷宮牆，准許人民巡禮膜拜的。寺內翠瓦金鋪，雲霓陳彩，比起鄭王廟還要壯麗崇閎。正殿迴環九闥，雁翅明廊，臺閣凌空，高逾尋丈，在寶蓋珠幢、傘扇法器、銀燈紫帢輝映之下，矗聳巍峨。玻璃磚神龕內供奉一尊用整塊瓊玉雕成法相莊嚴的玉佛，這尊玉佛，晶瑩透碧，泰人視為國之重寶。法身披著斐煥爛的金縷衣，衣共三套，分夏季、雨季、涼季，按季節的輪替而更換，換季是由國王御駕親臨主持，儀式肅穆逸麗，是當地一樁大事，報章雜誌都有照片文字刊載。一般人進入殿中禮佛，必須先在廊外脫下鞵鞋才准進入，所有頂禮後的善男信女，無不虔誠崇敬，或坐或跪，潛心冥息片刻，凝眸仰視後，方起身退出。龕側牆壁塗金錯銀，繪丹堊粉，從佛陀降生，歷經苦厄，一直到菩提證果，連綿相屬，雖無文字說明，如果了解佛陀一生，也可揣知來龍去脈。寺內各處除了式樣別致的大小實心浮圖外，每一座殿堂前面，都塑有一對雞頭人身、雕弓翠羽的立像。有人說，這種塑像是根據泰國有名神話故事「曼蘿拉公主」而塑造的，泰國人為什麼喜歡這種半人半鳥的武士來充殿前武士，那就非我們一般外國人所能理解的了。

臥佛寺

好像信仰佛教國家十之八九都有一尊臥佛。當年北平拈花寺方丈全朗老和尚曾經告訴過我，北平西山臥佛寺的臥佛名為涅槃佛，我想曼谷的臥佛，也不例外。臥佛寺的正殿特別高廣閎敞，我們去的時候，正趕上結紮鷹架，將整個廟宇殿堂藻繪塗丹，準備迎接查克里王朝建國二百年盛典。臥佛寺正殿供奉的臥佛，長達一百七十四英呎（比最近翁松山為六福村塑建臥佛長一倍有餘），臥佛全身鎏金，用手支頤斜臥殿上，僅僅小手指就長有三公尺，佛的雙足是十英呎見方的一塊琇石板雕成，十根腳趾長短齊一，每一腳趾刻有三個螺旋紋，而左右腳掌都畫成一百二十多格，每一格中都鑲嵌一尊形態各異小佛，這尊臥佛，恐怕是世界上最大的臥佛了。泰國人拜佛，所買香燭都紮在一起，並且夾有一張小金箔，這張小金箔是給您用來貼在菩薩身上的。臥佛巍然高臥，高不可攀，在臥佛寶榻之前，有一尊具體而微小型臥佛，信徒們何處有什麼病痛，就把金箔貼在小型臥佛那個部位，頭痛貼頭，腿痛貼腿，信之者說，如響斯應，靈驗不爽，所以這尊小佛，經過多年的貼金，簡直成了包金臥佛啦！

雲石寺

雲石寺也叫大理石寺，位置在皇家花園斜對面，整個佛寺建築所用石料，據說都是採用雲南大理石，石質晶瑩，比北平三大殿的大理石更為潔白，複殿重樓，雉門兩觀，甚至繚垣露檻，庭階廣路，無一不用大理石砌成。正殿門前蹲有泰式石獅一對，嗲嗲諤諤，還帶點柔媚姿態，與中國宮殿前雄姿渾穆的石獅神情體態大異其趣，中泰國民性不同，從石獅子也都可以表現出來了。穿廊之外，清溪如帶，長虹臥波，橋欄篆浮寶獸、彩錯銅駝，橋齡當一世紀以上，中國的橋也不算少，還沒有一座像這樣崇巨壯麗的呢！

橋的彼岸另有一座雲石傑閣，簷牙高啄，丹碧相映，中座供奉光芒照眼全跏趺坐金佛一尊，高約十英呎，有人說法身是鎏金被體，有人說純金鑄造，不論是鎏金、純金，但寶相莊嚴，低眉禪靜神情，足證泰國古代雕塑藝術的高超，是不輸中印兩個篤信佛法國家的。殿外廊腰曼迴，供奉著二三十尊諸天菩薩，緇衣芒鞋，神祇內瑩，當然各有所本，不過我們不諳佛國經典，無法了解他們來因去果罷了。泰國是東南亞信奉佛教最虔誠、佛弟子寺廟最多的國家，今年又是查克里王朝在曼谷建都二百周年紀念，所有寺院全都油漆彩繪、煥然一新，如果去觀光，現在舉國慶典未終，正是時候。

清宮古老的吉祥玩物

獻歲發春，大家見面互道恭喜，說的盡是吉祥話，我想在此把一些個人所知老古董的吉祥物兒寫出來，湊湊熱鬧，也算是給大家新春獻禮吧！

皇帝給走紅的軍機大臣寫春聯

「賜福」，在前清時代，上自皇帝下至庶民，到了嘉平元旦，人人都要討個好口彩，接觸些吉祥物兒，圖個喜見祥瑞，一年到頭一順百順的。依照清宮定制，每年元旦凌晨，先由欽天監選定出行吉時，皇帝先到闡福寺拈香禮佛，然後回到建福宮開筆書丹，以迓新禧，然後御乾清宮西暖閣，召近支王公、內廷供奉、上書房滿漢師傅們賜春條「福」字。據翁同龢日記中描述，皇帝寫到「福」字最後一筆時，他連六叩首，俯伏在地，由兩名太監將「福」字從他的頭上捧過，這一動作，時間要拿得準，還要配合得從容鎮定，才能恰到好處。謝恩之後，親自捧著「福」字退出，認為無上榮寵。至於翰院詞臣、御前侍衛，碰到皇帝高興，也賞賜雲龍朱錦「福」字，雖然黑亮圓潤，那些都是如意館供奉們的手筆了。寫好之後，用雙鉤手法，製成粉漏，印在錦箋之上，皇帝蘸飽濃墨，照雙鉤一描而成，有的筆力豪贍，比御筆還要來得雄偉挺秀。除了拿一部分賞人外，還要封存一部分，等到來年再賞人。得之者都是皇帝跟前頂走紅的軍機大臣，美其名曰「賜餘福」，得之者無不視為無上恩寵，甚至於死後的訃聞上，還要大書而特書呢！

「賞春條」後宮佳麗個個能寫

「賞春條」，過新年在宮廷裡賞春條是很流行的。除了皇太后、皇后、皇貴妃有寶璽，可以賞賜福壽字、龍虎字外，其餘妃嬪也可以寫春條賞人。這種春條長約二尺，寬約六寸，灑金硃砂箋裱在木條框上，由如意館用雙鉤粉漏，漏出四個字的吉祥話兒，宜老宜少，例如「福壽康寧」、「俾爾壽康」，以及一般通用吉祥話兒如「駕福乘喜」、「福祿禎祥」、「三多九如」、「竹報平安」一類詞句。好在書法都出自翰苑名家，泰半是館閣體，只要能夠執筆描紅的人，全能體勢逸韻。外間不察，以為後宮佳麗，個個書法清新，才高詠絮。當年北平琉璃廠榮寶齋南紙店在宣統出宮之後，曾在故宮採購了一批報廢紙盒，其中就有各宮妃嬪們寫好尚未來得及賞人的春條若干幅，他們以每幅銀元兩枚出售，比起街上買的春聯典雅精緻多了。

「遞如意」消痰順氣

「遞如意」，遞如意是滿洲貴族晉謁尊長的一種儀注。現在故宮博物院闢有專室陳列如意，尺寸較大例如三鑲玉如意、七寶燒琺瑯玉如意、簇金鑲玉石嵌螺鈿的如意，外加紫檀座玻璃罩，那是放在長條案或是匹床桌上的陳設。至於謁見尊長的如意，因為捧遞方便，尺寸力求小巧，以質料言，那就金檀銅素、累璧重珠無法形容了。據一位內廷太監叫梳頭劉的說：「慈禧有四柄心愛的如意，一柄是吉林長白山裡的一隻冬榮瑞草，又名靈芝，天然長成一柄如意，面現雲紋，柄呈紫赤，計齡當在千年以上。一柄是沉香木的如意，夭矯堅峻，刻削蟠屈，據說置之座前，可以消痰順氣，如有悶脹岔氣，用之揉搓胸膈，立刻舒暢自如。一柄是長不逾尺的翡翠如意，產自雲南尖山，通體璿碧，斐斐有光，炎炎盛夏，插架高拱，滿室清涼。另一柄是順治九年滿榜狀元麻勒吉呈獻的，歷順治、康熙、雍正、乾隆四朝，一直陳列御書房多寶格裡，顏色黝黑，既非金石，又非角木，夏日蚊蚋不侵，如有凶殺噩耗並能事先示警。慈禧垂簾，這柄如意就成了老佛爺寶座旁邊的愛物了，可惜庚子年拳匪之亂，洋兵在內廷騷擾一段時期，等從西安回鑾，這柄曠世奇珍也就下落不明了。」

現在故宮博物院闢有專室陳列如意，雖然沒有什麼精品，可是種類龐雜，式樣繁多，足證如意在宮廷中如何的受重視了。

「押祟荷包」皇帝腰間響玎璫

「押祟荷包」，清朝皇帝除了朝服之外，宴居便服總要束上一條鞓帶，以便拴掛各種活計。一般人腰帶掛的活計有荷包、扇套、褡褳、髫梳、手巾、匙箸套、眼鏡套、火鐮等等，皇帝因隨時有人扈從，平素只掛手巾、玉印、合符子（三寸多長，二寸多寬，狀如寶劍頭，上邊刻有「天地日月」四字玉螭龍紐的璽節），外加一枝一擦就燃的火鐮。依據清宮乾隆朝檔冊記載，從小除夕起到正月初二止，皇帝鞓帶上，左邊加上四個小荷包，其中黃刻絲珊瑚豆荷包內裝「年年如意」一件，紅緞搨金線松石豆荷包內裝「雙喜」一件，押祟小荷包一個內裝金八寶八個、銀八寶八個、寶石八寶八個、金錁子二個、銀錁子二個、金錢二個、銀錢二個；右邊共拴小荷包六個，其中三個青緞搨金絲珊瑚豆荷包內，一裝「事事如意」，一裝「筆錠如意」，一裝「歲歲平安」，其餘三個黃緞五彩線珊瑚豆荷包是空的。這些錢幣錁子彩錯鏤金，大如豆粒，備極精巧，寶石更是翠虯絳螭，是萬中選一的精品。在新年這幾天裡，皇帝腰間累璧重珠，玉箔玎璫，恐怕也不十分好受吧！

「年花」有不少是舶來品

「年花」，每年冬季一交臘八，御苑的花匠（宮內叫花把式）就忙起來了，香櫞、佛手都要培植得成雙成對、燦爛盈枝，在宮殿裡陳列起來。至於清高脫俗、眾芳搖落獨喧妍的梅花，如臘梅、紅梅、紫梅、白梅、青梅、綠萼梅、一剪梅、鴛鴦梅，分別在文軒殿檻點綴得花團錦簇，就是在御苑的丹垣曲徑也匠心巧運，布置得古樸錯落，琢成佳境。歲朝清供的水仙，更是鼎彝環璧，月殿雲堂裡不可缺少的愛物兒。水仙的品種本來就多，內廷花匠頗有一些雜交育種的高手，民間認為最名貴的金盞銀台在宮廷已不稀奇。宮裡養的水仙以形來分有圍裙水仙、漏斗水仙、螺旋水仙，以色來分有橙黃水仙、紅口水仙、翠光水仙等。據說這些千奇百怪的水仙，都是康熙、乾隆時期從英、法、德、義等國引進來的，民間是很難得一見的。

康乾通寶、錢劍驅邪

「康乾通寶」，康熙、乾隆兩朝所鑄銅錢，厚重質純，到現在仍為收藏古錢的人所看重。乾隆銅錢並且把鑄錢的省分用一個字代表鐫在制錢上，以資識別，並且可以考核該省官吏是否留心幣制，一共把不同省分，鑄了二十枚，成為一首詩。到了嘉慶時代，市井傳說，如果把乾隆所鑄制錢二十枚湊齊，用紅線穿起來，既可驅邪，又能壓驚。當時江蘇如臯冒家廢園裡供有一座狐仙樓，有一個小孩在穹石曲渚間捉蛐蛐，不知怎樣驚動了大仙爺，小孩子舉措失常，整天胡言亂語，害得家人到處求神問卜。後來在伏魔大帝關聖帝君座前求得靈籤，指示給小孩帶上二十字的全份乾隆通寶，狐祟自然不來。果然帶上銅錢之後，狐仙不再糾纏，小孩神志恢復正常，從此里巷轟動，傳到京師。後來宮裡造辦處把乾隆通寶用紅絲線編成寶劍，凡是未成年的阿哥、格格們，到了除夕向皇上、皇后辭歲，除了賞賜平安如意繡花荷包一對，另外還有一把錢劍，一律懸掛床頭，要等過了元宵落燈才准摘下來呢！雖然驅邪避疫都是些無稽之談，可是民國初年後，門鼓樓一帶小古玩鋪還有錢劍待價而沽，一把劍也要賣十塊八塊銀元呢！

糯米做的聚寶盆

「搖錢樹聚寶盆」，無論南北，民間過年家家都要用糯米做一個搖錢樹聚寶盆，皇家也不例外。每年除夕由造辦處進搖錢樹聚寶盆，陳列在慈寧宮御座左側。細陶罍缸，飾以金箔，蒸熟長糯，按五行方位，染為五色，中植蚪蟠多節五鬚松，高不盈尺，紫絲紅線繫漏綺縠罽犀，根柢虯瘿，也都玉箔玎璫、珍寶充牣。松下糯米平鋪，布滿纏錦裹銀的各色堅果，有一泥捏的劉海手舞錢串在戲金蟾，這個聚寶盆要等正月十八落燈才能撤走呢！

陞官圖好玩勝過電動玩具

「陞官圖」，宮廷守歲，皇帝有時一高興，會跟沒有分宮的阿哥們玩玩文武狀元籌或是陞官圖。有人認為天潢貴胄、鳳子龍孫還玩什麼搶狀元陞官圖呢，其實不然。翁松禪相國曾經說過：「有清官階，品流繁雜，升降黜陟，變幻多端，有明升暗降者，有虛貶實陟者，從玩陞官圖，可以窺知黜陟幽明的奧妙。」筆者最初玩的陞官圖是用「捻捻轉」捻出德才功贓，以定升降，簡單明瞭，沒有什麼奧秘可言。有一年在上海舍親李府過年，大家守歲，他們拿出一張陞官圖來玩，六粒骰子，用寶缸來搖，雙紅為德，雙六為才，雙五為功，雙三為良，雙二為由，雙么為贓。每人先擲出身，然後每人用兩個標誌一官一差，再輪流搖出點子據為升降。如果是僧尼出身，只能升到僧綱司就休致了；如果不是科舉正途出身，無論怎樣轉來轉去也不能入閣拜相，製作得巧妙極了。玩了幾次，對於清代的官職品秩才弄清楚，由此才知道宮廷中玩陞官圖，雖然是遊戲，也有深意存焉。後來我們對這種陞官圖發生莫大興趣，於是在《申報》、《新聞報》徵求歷代陞官圖，上溯蒐集到漢朝叫「選官圖」，雖然沒有清朝陞官圖訂得完備，可是對於歷代官爵，不至於瞎子摸象、分不出尊卑左右了，尤其是對讀史書有莫大方便。前兩年《漢聲雜誌》童玩專輯，封底刊有這種陞官圖半頁。筆者曾提請吳美雲女士他們找出影印全圖，影印出來，可惜未被重視。我想既有殘圖，在臺灣全圖一定可以找得到，如果能找得到，把它重新繪製出來，在春節期間大家來玩玩，那比打電動玩具，對中年以上的人，可能更有興趣呢！

傳國璽溯古

印信由來甚古，從三朝開始，由皇帝以至庶民，就知道蓋用印信，以資信守了。周沿舊制，而盛於秦，到了漢朝才算完備。璽也就是印，皇帝的稱璽，臣庶的叫印。據傳說，「傳國璽」始於秦朝，璽文「受命於天，既壽永昌。」是李斯寫的小篆，至於傳國璽的鐫製年月，歷朝金石考古家其說各異，大約是嬴秦併吞六國，統一天下所製。秦始皇傳給二世，二世再傳子嬰，劉邦兵臨霸上，子嬰降漢，獻出傳國璽，傳到了漢平帝。平帝故後，傳國璽藏在太后住的長樂宮。王莽篡漢，曾經派王舜入宮強索，太后怒極，把傳國璽擲向王舜，璽上的螭鈕跌斷了一角。璽歸王莽後，為求玉璽完整，用烏金鑲補，就是後世所謂金鑲玉璽了。其後傳國璽傳到了獻帝，到了司馬氏手中，由六朝各帝歷傳，至唐太宗，迭經後梁、後唐，以迄唐廢帝在洛陽玄武樓引火自焚，從此傳國璽就下落不明了。

依照漢朝的印制，皇帝有六璽——皇帝行璽、皇帝之璽、皇帝信璽、天子行璽、天子之璽、天子信璽。六璽各有不同用途，設有符節令丞掌管。當年北平有名金石家壽璽（石工）對於古代印璽研究精深，他對天子六璽的用途各有解說：皇帝行璽是敕詔之用，皇帝之璽是傳檄諸侯的，皇帝信璽是用於征伐的，天子行璽以徵兵編籍為主，天子之璽總持國之大事，天子信璽敬祀天地鬼神。這種印制，歷代相沿，並沒有什麼更動，印璽的字型由鐘鼎大小篆而分隸，漸次演變而成的。至於赫赫有名的傳國璽並不在天子六璽之內，只是由秦代傳下來的那顆傳國重寶，凡是改朝換代，被大眾所擁戴的「真龍天子」，必須擁有那顆國寶，否則會被人視為草雞大王而非正統的皇帝了。例如東晉從元帝起歷經明帝、武帝、康帝、穆帝，一直都沒有找到傳國玉璽，所以有人叫他們「白板皇帝」。

民國初年，北平製印高手張志魚頗受日本人推崇。日本製印名人松崎達二郎說：「張氏製印不但力勁神勻，納須彌於芥子的磅礴手法，除了北齊（白石）、南吳（昌碩）之外，不作第三人想。」其實張志魚刻竹、製泥樣樣都精，對於金石考據，更有獨特的見解。張氏曾經談到傳國璽的材料是來自陝西藍田玉石，而各種古籍記載，都說是玉，那是毋庸置疑的。陝西藍田縣東方，在驪山之陽有座玉山，軟玉、硬玉均有出產（白玉屬軟玉類，翡翠屬硬玉類）。不過如說是用楚人和氏璧來雕琢的，就難以確定它的真實性了。古代印璽，對於鈕式是各有定制、不容混淆的。傳國璽是鐫的盤螭鈕，各種古籍記載相同，諒來是不假的。至於傳國璽的尺寸，依據古籍描述，以四寸見方者為多。張志魚有一張拓片，有兩個傳國璽拓模，裱成一軸條幅，上面印模是蟲篆，印文「受命於天，既壽且昌」；下面是小篆，印文「受命於天，既壽永昌」。文字篆法，兩者均有差異，不是一真一假，必定是兩者皆偽。因為自從後唐廢帝引火自焚失去下落之後，歷代帝王總覺得沒有那顆傳國璽，雖然貴為天子，總非國之正統。而一般慧黠奸宄之徒，千方百計製作偽璽，編造一套聖德應瑞、天祿禎祥的故事，冀求厚賞。受寶的皇帝縱或察覺其偽，也不願自行拆穿，也就將錯就錯，讓率土臣民知道他是受命於天的真龍天子，不敢懷有二心了。夷考宋元兩朝史冊，迭有獻寶的記述，就是這個道理。張志魚掛在書房的傳國璽條幅，是金石家張海若送給他的，據說就是存於故宮的偽璽拓下來的，雖然明知其偽，但把它拓裱掛起來，倒也古樸燁赫，令人莫辨詭譎呢！

中華民國開國之初，國璽自然需要重新雕琢了，但良玉難求。到了民國六年九月十日，　國父在就任大元帥後，有人獻了一方瓊玉，於是延聘粵東名家陸玖安雕琢，並委元帥府秘書連聲海為造璽官。歷時八閱月，這顆高二寸七分、寬二寸六分的「中華民國之璽」才鐫成啟用。

民國十七年全國統一後，國務會議以原有中華民國之璽尺寸太小，決議重鐫中華民國之璽一方。這顆國璽是用方形翠玉精雕，重三點二公斤，璽身高四點三公分，連同國徽鈕高十公分，璽面十三點三公分見方。民國十八年七月一日開始琢製，當年十月九日完成，國民政府並明令於十八年國慶日啟用。從此舉凡國書、批准書、接受書、全權證書，以及外交文件，一律蓋用此一國璽。

民國十九年有人呈獻政府一塊質地溫潤的羊脂玉，於是又鐫了一方榮典之璽。璽成，重四點三公斤，璽身高四點六公分，連璽鈕全高十一點一公分，璽面十一點六公分見方。此璽篆法神采雄渾，崇瑋高超，不知出於哪位名家手筆，於民國二十年七月一日啟用。此後凡是獎褒一類匾額文件，一律蓋用此璽，以彰有功。民國二十四年吳禮卿先生任國民政府文官長時，江蘇六合有位孝子為他寡母九旬正慶，地方人士申請褒揚，由政府明令頒贈「松筠勵節」匾額，筆者曾親見加蓋玉篆朱泥榮典之璽。據聞這兩方玉璽均已攜帶來臺，由總統府典璽官典守啟用。

兩對絕世瑰寶的印章

友人陳紫峰嗜印成癖，曩在大陸即蒐集大小各式印章千餘方，近二十年避地港澳，搜羅更勤，去年春節自港來臺度假，出示新得田黃印章一顆。印章身高三寸二分，鈕佔八分，鈕為通心鏤雕，上刻大鵬展翅，神姿高徹，奮翼拿雲。印身六面平滑，無疔無瑕，黃潤如脂，古豔自生，陰文隸書，刻「季新私章」四字，邊款只刻「木人」二字，邊款年月一律從缺。

陳君前歲在澳門怡古山房以黃金六兩購得，問我是否值得，我告訴他圖章中以雞血、田黃為極品，前此他庋藏的印章以壽山、青田石的艾葉綠、魚腦凍為多，現在玩到雞血、田黃，可以說對印章的認識更上一層樓了。雞血講究朱厚色鮮，紅潤堅重，紋滿血勻，不犯重疊。田黃要脂凝熟栗，沉色均勻，不灰不疔，靈秀澄鮮。陳君這方印章，毫無瑕疵，比之故宮珍藏乾隆看書畫所用幾方御用田黃印章尤為精美，簡直是絕世瑰寶，還說什麼值不值得。

早年北平市長周大文素有金石、印章、文玩之好，他收藏的印章中有一對雞血、一對田黃印章，堪稱絕代精華。周人極豪放，聽說汪精衛在行政院長任內，曾經蒐集過不少名貴印章，可是登品成材的雞血、田黃則付闕如。周、汪素無一面之識，當時周已玩厭印章，正沉湎於搜羅古月軒鼻煙壺，有寶劍贈烈士想法，打算慨然相贈，又恐怕別人說他逢迎趨附當代權要。他家跟溫宗堯家是幾代世誼，於是就說是溫送給汪的。汪得這兩對珍品後，欣喜若狂，因慕齊璜大名，立刻以重金託人，請齊白石把一對田黃印章，一方用陽文小篆刻「汪精衛之印」，一方用陰文隸書刻「季新私章」。

齊老在盧溝橋事變後，民國二十八年底，因畏日本華北駐屯軍幾個日酋騷擾，早就閉門謝客。並且在跨車胡同門口，貼上一張告白，聲明：「二十八年十二月初一起，先來之憑單退，後來之單不接。」表示此後既不賣畫，也不刻印，其實有些知交友好來求，暗地裡依然操刀弄筆、照刻照畫不誤的。齊老給汪氏兩方印章是由北平篆刻家代求的，刻好之後，李苦禪恰在此時登門請益，齊老那天興致不錯，把印章何者宜篆何者應隸，以及篆隸的刀法的運用有何異同，洋洋灑灑說了半天。過沒幾天，名醫汪逢春回蘇州省親，筆者跟陳半丁在春華樓給他餞行，座有于非闇、壽石公、李苦禪、王夢石、徐燕蓀幾位篆刻書畫名家。李苦禪說出這兩塊田黃印章凝光澄練從未見過，加上齊老的精心傑作，這種曠世奇珍，居然歸於豪猾奸宄一代巨憝，未免可惜。大家相顧而嘆，認為這種絕世珍異，汪逆絕難久享。果然過不多久，汪因體內彈鏽損及心肺，飛往東瀛就醫，開刀後因遭美國飛機不停轟炸，終於死在箱根的地窟，這兩對百年不遇的珍寶，也就從此下落不明了。陳兄所得這方印章，以尺寸、鈕紋、色澤、光潤，加上木人邊款，顯然就是汪氏那方田黃無疑，可惜另一方陽文小篆名章，不知流落到何處去了。

世交阮晉卿，是阮芸台太傅的裔孫，對於金石審定，出自家學。抗戰初期，他就攜眷毅然遠適異國，僑寄巴拉圭，在亞松森開了一間小古玩店，經他多年慘澹經營，現在已經頗具規模了。去年暑假來臺觀光，他把歷年蒐集不準備出售、留供自己把玩的各國圭璽錢貝、佩玉懸璜都製成五彩幻燈片，將近百張，帶來臺灣讓我們給他鑑賞一番。其中有一方田黃，陽文小篆刻著汪精衛名章；一對獅鈕雞血石印章，高四寸，一方刻陽文「汪兆銘之章」，一方刻陰文「精衛私章」。前者係籀文，後者刻小篆。阮兄說：「有人告訴他兩者都出自名篆刻家陶伯銘之手。」

我看前者氣韻高、筆勢壯，可能是陶氏作品；後者妄生圭角，運筆亦欠流暢，恐係別人假借，似非陶氏所作。圖章用北平琉璃廠所製五色錦囊裝著，我曾以此照片跟此間幾位篆刻名家推敲研究過，大家也都認為後一方堅壯有餘，神采不足，不類出自陶氏之手。那方田黃汪氏名章跟陳紫峰所有正好一對，大家也公認是齊白石手刻印章。經名家鑑定，確非凡品之後，阮兄對這三方印章更是特別珍惜。他回到僑居地之後，立刻將這幾顆印章送到當地有外匯交易的銀行收藏起來。

他希望有一天香港陳紫峰先生跟他一同，把所藏那方田黃印章捐獻給國家博物院，我想紫峰兄忠黨愛國，對於把有歷史性的文物公之於眾，也不會甘居人後吧！這件事，將來我一定設法促其完成。

北平天下第一泉乾枯了

北平人常說，要喝好泉水，那得屬玉泉山的天下第一泉啦！濟南的珍珠泉、杭州的西泠泉、焦山的江心泉、揚州小金山第六泉，雖然都是中國名泉中佼佼者，可是甘冽澄明，以水質比重之輕，玉泉仍應位居於第一位。在北平的西北郊區，太行支脈宛若一條蟠龍，把這一帶名山勝水，連綿修亘糾繞起來，蔚為千百年的皇帝都。其中頂出名的山有三處：那就是甕山、香山，和玉泉山。甕山後來改名為「萬壽山」，也就是有名的頤和園；香山則列為「燕京八景」之一；玉泉山的地勢雖然比較小了一點兒，可是北平城裡如三海什剎海，凡是可供觀賞的素湍清流，無一不是源出玉泉呢！

侯榕生女士於民國七十年四月間，再度遄返大陸探親，返美之前，順道來臺。有一天在她中和的住所——觀音堂——約了幾位文藝界的朋友小酌，她在酒酣耳熱之餘，她說：「這次在北平西郊訪古，去了趟玉泉山，往昔渾如跳珠濺玉、雪練翻空玉泉之源，已經徹底乾枯，成了一灘泥濺滓濁，令人慘不忍睹，至於以往引進北平的幾條水源，全都改道，改由西山一個新挖的水庫接替供應了。」在北洋政府時代，所有北平名勝古蹟，全歸內務部保管養護，像三大殿、頤和園、玉泉山，都是有門票收入的，所以在養護方面設有管理處，由家表兄王雲騏主其事。為了保持名勝古蹟景觀柔美，他不時約了筆者各處察看一番，所以對玉泉山寺廟的尺椽寸瓦、岩洞的古木怪石，都有較深的印象。

據說玉泉山從遼代的開泰二年起，就大興土木，建為遼主行宮啦。到了金章宗，暑天怕熱，更在山上建有一座翠瓦金鋪的芙蓉殿，元世祖為慈聖祈福，又建一座境絕囂塵的昭明寺。這些建築物雖然是歷代皇帝的行宮御苑，可是潭澄玄鏡，風物優美，沒有丹檻碧牖，彩繪俗紛，就是明清兩代在半山蓋的亭榭軒楹，也都古樸蕭疏，沒有絲毫的金粉氣息。

玉泉山管園子的傅玉珂君，出身滿洲世家，不但含懷敻遠，而且吐詞雋拔，因愛此間清幽峻茂，特地謀幹了這個差事，閒時可以寫字作畫，看看自己愛看的書，所以我每次追隨家表兄出城走走，如果是去玉泉山，總要帶點酒菜，跟傅君盡半日之歡。他說：「玉泉山舊名『裂帛湖』，這股泉水是從玉泉山下面一條石頭縫兒裡迸出來的，波波漾漾，若泡若沫，晝夜不停跳珠濺玉般激射而出，因為湖水相當深，壓力特別大，泉水被擠得像一串串珍珠似的，接連向上翻滾，發出瀰漬激越的聲音，所以叫裂帛湖。泉水湧出得快，這座方圓不大的小湖，若是沒有出水口的話，必定是瀰漫洋溢，湖畔溪頭無法立足，可是這座湖地勢很高，順著山勢曲折而下，瀦滀渟洄順其自然，匯成二丈多寬的一條小河，北平人管它叫『玉河』。別瞧這條小河，向東一直通到通州，接連北運河，在沒有招商、怡和、太古北洋班海輪和京浦路線火車之前，中國南北水上交通要道，以及江浙各省，南糧北運全仰賴這條水上大動脈呢！」

北平城裡各處水源固然都來自玉泉山涓涓之流，就是西郊的花園、稻田，甚至西山、香山，以及頤和園的昆明湖也都有賴玉泉山這股泉水來挹注滋潤。玉泉山山腳下有一塊不足二十畝的水稻田，所產稻米色映淺綠，吃到嘴裡柔而不滯，就是專供御用的「香稻」，如果拿來熬粥，碧玉溶漿，滑香清逸，比廣東順德最有名的紅絲稻，還要來得香糯。當年朝中大臣，如蒙上賞御田稻，莫不認為是無上的恩寵呢！

在溥儀未出宮前，每天清晨，總有一輛大敞車，上面放著一隻大木桶，車上插著一枝二尺多長杏黃色布旗子，好像哪家鏢局的鏢旗，由一位五十歲左右，半大老頭子趕著車，出了神武門，跚跚而行，直奔玉泉山，把泉水灌滿，再把車趕回來，泉水交給宮裡茶爐房，專供內廷各處沏茶之用。他是一年三百六十五天風雨無阻，一直到溥儀出宮，馬路上才瞧不見那輛插杏黃旗的水車了。據說從明朝起，皇宮裡喝的水，就是用水車運進宮去的。到了清朝仍沿舊制辦理，乾隆皇帝還寫了一篇《玉泉山記》，勒石樹立在玉泉山山腳望湖亭畔，說明玉泉水質輕柔，後味微甘，喝久了可以益氣補中，所以稱它為「天下第一泉」。

可是「湖水奇寒，夏無敢涉，春秋無敢盥，無敢啜者……」一般冷泉都冬暖夏涼，可是玉泉山的泉水，無論盛暑祈寒，一律凜冽刺骨，倒是一點不假的。舍親卞鳳年、李威年在學時期，都是遠東運動會中距離跑國手，有一年暑假，他們五六位運動健將從西山露營回來，道經玉泉山，於是入園遊覽。他們看見天池深廣，水清見底，泉迸如珠，直彈湖面，大家走得渴熱交加，看見那飛注成簾、激噴似雪的冷泉，都想解衣入水清涼一番，無奈傅君窺知他們來意，跟定他們在湖邊逡巡不去，鳳年突然間把脖子上掛的照相機擲向湖心，假稱失手落水，請園方代為打撈。傅君深知湖心吸力大，水更寒，還來不及回答，卞、李自恃身強力壯，已經縱身入水。

傅君一看情勢不妙，立刻指揮園丁拿繩索、劈柴、燒酒備用，再看卞、李兩人入水之後，盡在照相機旁打轉。他們同去的各位，看出情形不對，一面把長繩縛在腰裡，一連串手牽手，費盡九牛二虎之力把卞、李二人拉上岸來。可是他倆已經四肢冰冷、奄奄一息，幸虧傅君燒酒拿來得快，立刻把他們濕衣服解開用力揉捏，加上生火烘烤，才算從鬼門關把他們救活過來。敢情他們一下水被寒氣一激，立刻閉過氣去，手腳不聽使喚，好在他們水性深厚，體魄堅強，加上救治快而得法，不多久就先後醒過來，從此他們深信乾隆所說的「湖水奇寒，夏無敢涉」那句話了。

玉泉山除了聽泉、看泉之外，山上的望湖亭、華嚴寺、金山寺、七真洞、華嚴洞、呂公洞風景也都如詩如畫，蕭疏得趣。七真洞洞壁刻有很多詩詞，據說是元朝耶律楚材手筆，所以後來酬和之作甚多，也都刻在洞壁左右。呂仙洞石刃嵯峨，煙霞明晦，傳說昔年呂仙憩此，所以叫呂仙洞，在洞裡可以看到玉泉塔影，聽到雲外鐘聲，倒是絕妙一座清涼禪窟。從前公安袁祁年詠玉泉詩，其中有句是「蠕蠕泉脈動，太古無停時，聽如驟雨急，觀如沸鼎吹。」想不到過了三個世紀，「太古無停時」的玉泉，不但停而且乾了。北望燕雲，憤嘆難已。

中國文化在美國

小兒在加州 Humboldt State University 任教，所以這次赴美就住在 Eureka 他的寓所。當地屬於紅木區，雲峰嘉木，鬱鬱森森，極目蒼茫，疏林掩映，境絕塵囂，恍同世外。唯一令人感覺氣悶者，即到處看不見一個中國字，有之則「上海」、「湖南」、「關氏餐館」三個飯店的市招而已。小兒告訴我 Eureka 西南二百多里 Weaverille（柳無忌先生譯為「織工市」）公園裡有一座雲林廟，鐘魚梵貝完全是一座中國味的廟宇，不妨去瞻仰一番。

有一天，在松風稷稷、曉霧飄雲的凌晨出發。加州夏天是旱季，平原煙草一片枯黃，越走氣溫越高，中午到了織工市，已經由冬裝脫成夏裝了。公園叫 State Historic Park，在公園門首豎立一座紅木牌坊，正中有三個大字：雲林廟，地上有一塊大花崗石，釘著一方銅牌，說明建廟經過：「在一八四八年有一批中國淘金客五十四名，另外還有一位婦女來到這裡定居時所建，現由公園管理處派人管理、售票，引導遊客觀覽。」

首先進入陳列室，玻璃櫃內懸掛著當年華僑披荊斬棘來到加州淘金的日常衣著和各種用具，可以看出他們胼手胝足創業的辛勤。另外一面牆壁上畫滿中國十二生肖、卜休咎、計歲時，說明了華僑們雖然身在異域，對於祖國的風土習俗依舊是永不忘懷的。一位女導遊引領觀光客過了一座曲渚紅橋後，就看見層甍雲構的雲林廟了。據導遊描述，屋頂覆蓋藍瓦（塑膠片製）可使魑魅魍魎不敢侵犯。廟前木製平臺，雖然高不過六七寸，可是寬廣鋪滿整個廟門，說是厲鬼都是蹦跳而行，有平臺阻隔，就很難逼近廟門，大概是洋人聽了中國鬼故事，知道僵屍只能跳躍不能邁步說法而來的。雉門丹檻，肅靜、迴避牌分列左右，門聯為「雲龍開泰運，林鳳振昇平」用嵌字格，金漆龍紋；另一聯「德澤敷天下，忠良護國家」朱底金字，兩聯均係同治十三年甲戌所立，書法雖非龍飛鳳舞，倒也筆畫端正。大門啟處，二門立刻呈現眼前，兩門相距不足五尺，玉門瓊構、異獸雕簷，此門雖設而不開，據說此門可以避邪，就是再厲害的惡鬼，看見此門也要倉皇遁走。神龕正中供奉北極振天真武玄天上帝、忠義神武三界伏魔關聖帝君，左龕祇奉註生娘娘，右龕禘祀神農大帝，寶蓋珠幢，錦繖崇纛，應有盡有，不過百年舊物，土蝕暈變，越發顯得古色古香。導遊人一進門先把屋頂一盞佛前琉璃燈開得燈光如豆，繼而一邊解說，一邊把各處明暗燈光一一開啟，以示冥濛神秘。殿的西北角有一小門通到一間簡陋僧舍，當年有一苦行僧在此住錫了十多年才涅槃示寂。他的居室牆上掛著他的草笠芒鞋，緇衣縕袍，外間屋牆壁黏滿十方善男信女捐獻燈油香敬數字，以資徵信，門框上寫著「錦帆安穩直登彼岸」楷書橫條，一筆蘇字，可以看出那位苦行心中頗有丘壑，是位不忘故國的有心僧侶，可惜導遊說不出他的姓氏，以致湮沒無聞了。

逛完雲林廟已到午餐時候，對街有一家庭餐館叫 Brewer's Cafe 是當地一家小有名氣的小飯館，裡外兩間雖有二三十個座位，我們去時已接近滿座，老闆娘特別介紹她的蛤蜊濃湯、烤鱒魚最拿手，當時正是鱒魚季節，據案品嘗，湯鮮魚嫩，果然是大都市餐館所難吃到的美味呢！

歸程中途，經過 Willow Creek，又叫「柳樹溪」，據說自從一八一三年發現巨人足跡後，入山採樵的人時或發現巨人蹤跡，有人形容他是平頂突顎、長臂大腳、身高七尺的巨人；有人說他悍目皤腹，身若巨靈，遍身棕毛，奔逸絕塵，是介乎人獸之間的怪物。於是根據大家所見所聞，在路口雕鐫了座全身巨人形象，下面石座上把發現巨人的經過，也一一勒石紀念。記得臺北的報章雜誌曾經刊載過美國加州發現巨人或雪人足跡的新聞，現在總算身歷其境看個明白了。當地有一小書店，除可陳列當地風景雜誌圖片外，有關巨人的書籍有六七種之多，有一本雜誌說：「前年初冬，有人在暮雲煙靄、怪石流泉中捉魚，看見龐然巨人，矯若驚龍的追趕一隻黃羊子，相距僅有五六十公尺，是人類目睹巨人最近距離了，可惜當時手邊沒有攝影機，否則疑真疑假、如夢如幻的巨人的真面貌就可以呈現在大家眼前了。」

巨人雕像身後有一處遠樹芊芊、重岩秀起的勝境，小兒說：「那是印第安人聚族而居的原始部落。」當天因為要趕回 **Eureka**，來不及去參觀，否則對印第安人的生活，又可以增加幾分了解了。

以上這些風景名勝，僻處加州西北，都是觀光客很難涉足的地方，所以把所見所聞寫點出來，供大家赴美旅遊的參考。此外在 **Big Foot** 附近，汽車旅館也好，飲食餐館也好，門前都掛著巨人腳印木頭標誌，以廣招徠。至於百貨公司所賣的煙灰碟、鑰匙鍊、胸針、別針，無不做上大腳印標誌而且細膩精緻。人家這種無孔不入的推銷術，實在值得我們效法。

財神廟借元寶恭喜發財

農曆新年，無論南北都有祭財神的習俗，不過哪一天是財神日，南北各異。南方是以正月初五為正日，北方是正月初二祭財神。北平最著名的財神廟在西南城角的彰儀門（正名廣安門）外不遠，這座廟雖然夠不上層甍邃宇，金飾鱗鬣，可是助善人多、香火鼎盛，長年修繕得丹楹粉壁，彩錯鏤金，廟貌煥然。正月裡北平大小庵觀寺院，都各有各的施主善信前來禮佛，唯獨彰儀門外的財神廟，凡是燒香還願的人，都要趕在財神日當天才去，而且人人都想搶著燒頭一炷香，好像去晚了就沾不上財氣似的。其實燒頭炷香是廟祝的特權，誰也搶不過他們的。從前一交子正，北平內外城一律關閉，五鼓天明再行開啟，每年正月初二趕燒早香的，剛交子夜，就有人到城門口等開城了，由珠市口一直到彰儀門，整條大街人車雜錯，擠得水洩不通。後來官廳為了順應輿情，特別通融，初一晚上彰儀門索性通宵不關，城開不夜，徹夜通行無阻，可是從彰儀門到財神廟照樣是車水馬龍，一步一蹭，短短兩三里路程，走上一兩個時辰毫不稀奇。

到財神廟去燒香還有個小門道，會燒香的人，香都是到了財神廟現買現燒，不懂訣竅的人自己帶香去燒可就吃虧了，由於廟裡的香爐雖然出名的大，但無論如何也容納不了成千累萬一封一封的高香往爐裡插，所以燒香的人，好不容易擠到爐邊，把香插上之後，廟裡管香火的廟祝，隨即把香夾出來擲到下面大香池裡面去，隨插隨夾，可是善男信女總希望自己燒的香，在香爐裡多燒一會兒，就能夠多得上天庇佑，但是夾香的廟祝們都懷有偏心，你燒的香如果是廟裡買的，他一望而知，就晚夾一會兒，若是香客自己帶去的，他就夾得快一點兒，所以知道內情的善男信女，都要在廟裡買香，這一天賣香的收益，足夠他們廟眾整年的澆裹呢！

財神廟最大特色就是借元寶許願，這也是別的廟裡所沒有的事情。廟裡事先在紙鋪裡訂做大量大小不等金銀紙元寶，供在神前，到財神廟來燒香的人多數要買個元寶回去供奉，明明是多給若干香資買的，可是不准說買，要說是「借」或是「請」回去的。把元寶捧回家供在神案桌上不動，到了第二年去財神廟燒香還願時，元寶要借一還二加倍奉還。當年梨園行有個武淨沈三玉，每年正月初二必定到財神廟燒香借元寶，元寶越借越多，雖然紙元寶份量不重，可是從家裡帶著二三十個元寶到廟裡去還願也挺累贅的。後來被他想出一個巧妙辦法，把元寶用小線穿起來綁在竹竿子上，讓徒弟們扛著竹竿去燒香，有些人跟他開玩笑，說他太虔誠了，他說那比起拜香，一步一磕頭還差得遠呢！從前有一首歌謠是衝著財迷借元寶寫的，現在寫出來聊博大家一粲：

只為人人想發財，山堆元寶笑開懷，
剛從紙店運出去，又被財迷取進來。

筆者對於人擠人的去祭財神借元寶了無逸興，可是對於回香人，無論男女老幼，頭紮黃土頭巾，插滿藻繪複雜、五色塗金的絨花，覺得非常好玩。有一年說是曾在清宮內廷當差、專簇絨花的一位高手在財神廟表演紮絨花手藝，除了紮好的絨花外，他還現紮現賣。人是圍得裡三層外三層，他雖然坐在土臺的高凳上，但仍然要墊起腳來才能看得到。巧妙熟練的手藝，一朵花三捏兩弄，就大功告成。我正在聚精會神的看，忽然發現有人從我身旁擠過，動作急促怪異，細一留神，敢情是妙手空空兒正向一位少婦施展扒竊伎倆，誰知螳螂捕蟬黃雀在後，一位細高個少年用一掛山裡紅愣把小偷的雙手鎖住，手法乾淨俐落不說，而且態度非常從容。細一打聽，才知他是滄州鼻子李的傳人，是財神廟請來的護法，他每年在財神廟廟會期間總要捉上二三十個小偷。廟裡住持說：「大家在新年新歲到廟裡燒香祈福求財，若是讓香客失物破財，豈不大殺風景。」所以每年到財神廟燒香的人雖然人山人海，可是遭扒竊的人還不多見呢！

閒話烤鴨

前兩天報紙上有一篇「美國烤鴨風波」的文章，據說美國食品衛生法規定，凡是肉類必須保持在攝氏五度以下或是六十度以上，否則就算違反規定，不能出售。北平的烤鴨如果照這種忽冷忽熱的溫度一折騰，那就不成其為烤鴨了。去年暑假後我曾經到美國玩了一趟，各大都市，不論以山南海北省籍為號召，凡是稍具規模的中國餐館都賣烤鴨，據說這是尼克森訪問北平帶回來的「烤鴨風」。

當年北平烤鴨以老便宜坊最為出色，他家的鴨子都是自己填的，填烤鴨也有秘不傳人的手法，高粱麵肥乾的比例如何，什麼時候滲榨（土語，即黃酒，北平人叫它乾榨），都是專門伺候鴨子的老師傅的事。鴨子肥瘦，可以用秤來衡量，肉的老嫩，就全憑老師傅在膝子下的三叉骨上摸摸軟硬來決定了，凡是不合標準的鴨子，便宜坊一律宰殺出售，或是賣給其他雞鴨店，絕不上爐。至於後開的新便宜坊、全聚德對選鴨子這份工作，因時代的不同，就沒有老便宜坊那樣認真啦。

便宜坊烤鴨的權威龐師傅是河北完縣人，祖孫三代都在便宜坊學手藝，滿師後就在櫃上效力，一直到年邁力衰做不動了才由櫃上給他算大帳讓他回家，樂享餘年。龐師傅平常總說：「要吃好烤鴨一定得選個大晴天，鴨子收拾乾淨後，先用吹針把皮肉相連的地方吹鼓起來，要吹得勻、吹得透，然後把鴨子掛在陰涼的地方過風，讓小風把鴨皮盡量吹乾，烤出來的鴨皮才能鬆脆酥美。」有一次他正用吹針吹鴨皮，一位英國客人看見了，愣說發現秘密，說他是在用人工製造空氣鴨子，好多賣錢，經他說明這樣做，目的是讓烤出來的鴨子皮特別鬆脆，他才恍然大悟。抗戰初期，日本人大量湧進北平，他們食髓知味，便宜坊的烤鴨生意自然鼎盛，可是東洋人那份挑鼻子挑眼兒、盛氣凌人的態度，讓人沒法忍得下去，於是東夥一商量，索性把買賣收歇算啦。從此在北平吃烤鴨，只有光顧全聚德了，年輕一輩人，只知有全聚德，反而不知有便宜坊啦。

那時藏書家蒯光典的侄公子若木住在北平，他雖然也好啖，可是患有嚴重糖尿病，食有定量，醫禁大嚼。他的廚子大庚，烤鴨堪稱一絕，反而變成英雄無用武之地了，所以他非常樂意別人借他的廚子做菜。大庚不論到誰家會菜，只要在院裡旮旯避風地方，用沙板磚臨時砌一小灶，就能烤出肥美鬆脆的鴨子來。蒯老只能淺嘗，看見別人大嚼，濃香四溢、風味照座，也覺怡然自得。這種烤鴨既非油淋，又非掛爐，可以算是烤鴨中的別裁了。

臺灣光復之初，山西餐廳設在臺北火車站左手邊，如果趕上鴨子好、天氣晴朗時候，烤出來的鴨子尚不離譜，很有幾分便宜坊的味道。不過一隻上等肥鴨將近一桌酒席價錢，不是會吃的熟客人，他們也不敢承應，恐怕人家說他們敲竹槓，等到擴充營業搬到中山堂對面，就很難吃到像從前風味的烤鴨了。狀元樓在初開張時，雖然是以浙寧口味來號召，可是有時他家烤出來的鴨子還不錯，一位女廚師尤其鴨子片得有尺寸，皮肉分割，頗中規矩。我們幾位好吃的朋友，常在一塊兒玩，想不到在臺灣吃北平烤鴨要光顧江浙館子，而且是臺灣女廚師，真是絕了。當時老正興的老闆羅秋原兄認為我們的品評不囿於省籍觀念，羅說，不出三十年，在臺灣無論哪一省的飯館，恐怕都是臺灣年輕人一代的天下（**現在秋原墓草已拱，其言果驗**）。後來我請林語堂、梁均默兩位先生嘗過，也都首肯我的品評。

現在無論什麼餐館都賣烤鴨，鴨子片好端上桌，皮肉截然劃分者，一盤裡頂多三五片，甚至整隻鴨子片出來，都是皮肉不分，牙口差一點兒的人簡直咬不開、嚼不爛，所以不是極熟朋友同桌，凡是烤鴨端上來，尤其是結婚喜筵，只有舉箸別顧，不去下箸，免得吃到嘴裡嚼不爛、嚥不下、吐不出，讓自己出醜。

黃花魚、黃魚麵

石首魚，南方叫它黃魚，北方叫它黃花魚。當年鹽業經理岳乾齋最愛吃黃魚，到了黃魚上市，他每餐必定有一碗侉燉黃魚，該行副經理韓頌閣給他起了一個綽號，叫他「黃魚大王」，後來北平銀行界都知道岳老這個外號了。為什麼叫黃花魚呢？據岳乾齋說：「黃花魚到了菊花開時魚汛最盛，也特別肥美，魚黃如菊，所以北方人叫它黃花魚。」不知此說是否可靠，只好姑妄聽之。

《清稗類鈔》記載：「黃花魚，每歲三月初，自天津運到京師崇文門稅局，必先進御，然後市中始得售賣，都人呼為黃花魚。當年盧漢鐵路未通時，至速須望日可達，酒樓得之，居為奇鮮，食而甘之，詡於人曰今日吃黃花魚矣。」北平的黃花魚都是從天津運來的，在天津火車未暢通時，北平的黃花魚都是頭一天經過冰凍的。黃花魚上市後，北平有接姑奶奶回娘家吃黃花魚的習俗。女兒出嫁，上有翁姑，平輩有小姑、小叔，晚輩有侄兒、侄女，就是吃頓黃花魚，也輪不到做兒媳婦的稍快朵頤，春暖花開，娘家人於是名正言順地接姑奶奶回娘家痛痛快快吃一頓黃花魚。北方的黃花魚最大的也長不盈尺，像金門、馬祖，兩尺多長的大黃魚是極為少見的。中號黃花魚一斤三、四條，一買須是十斤八斤，買回家收拾乾淨，下鍋紅燒，雖然放醬油，口味可不能太重，因為這種魚，要不就餅、麵、米飯白嘴吃，愛吃魚的人，一條跟著一條，吃個五六條並不算稀奇。這種紅燒黃花魚還要多放大蒜瓣兒，除了蒜瓣入味好吃外，據說這個時候，正是紫荊花盛開季節，如果不小心，讓紫荊花掉在黃花魚裡，產生奇毒，準死沒救，放入適量大蒜，就無妨礙啦！

當年名醫方石珊說：「黃花魚含有豐富蛋白質及維他命A、B、E及磷、鈣等成分，滋補身體，極為有益，對老年人消化力弱者，吃黃花魚尤為相宜。」《雷公藥性賦》裡也認為其甘溫益胃，對病後調理可早復原。筆者胃納較弱，食量更差，讓我白嘴吃黃花魚，也不過是一條之量，所以我吃黃花魚時，總是剔出魚肉，加滷子拌麵吃，比炸醬、打滷麵似乎又芳鮮適口多了。北平四大名醫之一蕭龍友在舍間吃過黃魚拌麵後，他弟弟六爺有嚴重的胃病，他讓弟弟時不常的吃黃魚麵，後來居然久久不犯，想不到黃花魚對於胃病還有莫大裨益呢！

三十五年來臺，故友羅秋原主持老正興餐館，不知道他從什麼地方弄來一條大黃魚，足有三尺長，雋觴肥羜，一魚四吃，脯膾清炒，無怪當年名將年羹堯貶謫杭垣，吃到寧波運來新鮮黃魚，才發現此前在北方所吃黃花魚，遠不及南方黃魚細嫩滑美。

六十三年參加勞軍團體到金門勞軍，住在迎賓館，飲食豐甘，清醥紫鱗，都是金門特產，盈尺黃魚，臺灣來者無不視同珍品。賓館庖人是天津西沽人，教以貼發麵餅侉燉黃魚。一說即做，麵魚登盤，同行天津鄉親固然吃得其味醰醰，就是別省同行之人也覺得炊餅玉鱠並皆精妙，吃得碗底見青天。

從干絲談到杏花村

鎮江、揚州雖然一踞江南，一處江北，可是風土、語言、習俗、飲食各方面都是大同小異的。「早上皮包水，晚上水包皮。」意思是晨間上茶館喝茶，晚上進澡堂子洗澡。從江蘇省的里下河，以迄安徽省的西梁山，都有皮包水、水包皮兩種習慣。

上茶館喝茶吃早點，少不得來上一客干絲，揚鎮一帶吃干絲講究可大啦！幾個熟朋友到茶館吃早茶，為了表示大家是自家人，不必客套，多半是燙個干絲。所謂燙，也就是拌的意思，揚鎮老吃客認為燙干絲，才能保全干絲的香味。如果請的客人是尊長，為了表示尊敬禮貌，那才叫一客煮干絲呢。揚州人吃干絲特別考究，小徒弟到茶館學生意，第一件事是學切干絲。最初以北門外綠楊村茶社干絲最好，東關街金桂園、青蓮巷金魁園、十三灣迎春園、缺口街金鳳園的干絲都夠水準，後來城裡富春茶社主人陳步雲對於干絲精益求精，富春的干絲，無論燙煮，不但獨步揚鎮而且聞名全國。

干絲是一種白豆腐干切絲而成，揚州城裡城外豆腐店，少說也有百家以上，聚財園的老闆胡國華說：「一百多家豆腐店，做出來干絲只有『金駝子』、『王四房』兩家可用。其餘各家的干子，若嚴格挑選都不合用。這種白豆干，源出安徽，所以本名徽干，是明末清初安徽移民把做法帶到揚州來的。切干絲的刀工，屬於專門技藝，一塊干子，最少要切出十三片，個中高手甚至能切出十九、二十片來。切出來的干絲，長短粗細，一律整整齊齊，毫釐不爽，而且一塊豆腐干的上下左右、邊邊牙牙，行話所謂『頭子』，全都棄而不用。」足見那些著名的茶館對於干絲是如何重視、不惜工本啦！

揚州世家老住戶每天上茶館吃茶，似乎各人都有固定茶館、固定座頭，茶館裡立有帳戶，帳房記在一本條帳上，按三節結算，逢年過節，裁縫、飯館、澡堂子的掛帳還可以緩一緩、欠一欠，唯有叫姑娘的堂差帳、茶館的早茶錢，帳條子一上門必須立刻結清，否則年節一過，外間一傳揚，人就沒法在當地叫字號了。所以茶館裡的堂倌，對於有帳的茶客身家財勢，全都摸得一清二楚。例如給講究排場的熟茶客端上一份拌干絲，身後必定藏著小碗兒小磨麻油、三伏秋油混合作料，往干絲上一澆，愣說是給他老人家特別預備的，不但客人臉上有光彩，主人更顯得面子十足。可是將來年節給小帳，少不得要多叨光幾文啦。

至於煮干絲名堂可多了，據筆者所知有脆鱛（揚鎮人士管鱔魚叫鱛魚）、脆火（鱛魚火腿）、脆魚掛滷、脆魚回酥、雞脆、雞火、雞絲、雞脯、雞翅、雞皮、雞丁、雞肝、腰花、蝦仁、蝦腰、蛼螯（里下河特產）、蟹黃、蝦蟹、蛼蟹等，可稱五花八門，不是常來的吃客，簡直弄不懂那些名堂。

當年以紅舞女改演電影的梁賽珍等梁氏三姝，還有嚴月嫻、月姍姐妹，對於揚鎮的早茶都是深感興趣的。時不常的由周劍雲、徐莘園幾位電影界人士陪過江來，到富春茶社大嚼一頓。他們說滬寧一帶吃早茶的干絲，非粗即硬，揚州干絲則特別綿軟。梁賽珍最喜歡雞皮煮干絲，宣景琳曾經笑她吃多了會發胖，她認為飛燕身材，為吃干絲就增幾分何妨。嚴月嫻在未染嗜好前，雍容華貴、豔光照人，她的尊人嚴工上又是位美食專家，她耳濡目染，對飲饌之道也就非常內行。她是揚州富春、金桂園兩家常客，吃茶必定叫脆火干絲，她說這兩家鱔魚炸得脆而且酥，所用火腿是揚州本莊自製，其味之鮮，其肉之酥，遠駕宣威、金華之上，所以她對這兩家脆火干絲特別欣賞，屢吃不厭。

後來我曾經請教過許少浦、周瀚波兩位飲饌名家，據他們說：「揚州幾家有名茶館所用火腿，都是彩衣街『楊森和火腿店』出品的，民國十年前後，北洋財政次長凌文淵帶了幾隻楊森和的火腿到北平送人，吃過的人都讚不絕口，從此他家火腿就馳名南北了。楊氏兄弟五人努力經營、合作分工，選腿、修削、醃製、煮法、刀工各精一門，店裡經常有兩三千隻存貨。火腿醃足一年出缸，除留半數供應門市外，其餘半數早被各省飯店預購一空，所以他家火腿，不夠月份固然絕不啟缸，可是也沒有兩年以上陳腿，所以蒸後火腿鹹淡適宜、酥鬆腴潤、色澤鮮明，絕無乾澀柴老之弊。」經他們兩位這麼一說，我才知道楊森和的火腿確實與眾不同，而嚴月嫻的獨垂青眼，也是其源有自的。

北方的飯館無論拌、燙、湯、煮根本沒有干絲這道菜。有一年許少浦兄四十華誕，從揚州來北平遊覽避壽，我在東興樓請他吃飯，既然不願稱壽，自然不便用整桌酒席接待，於是採取賓主各點菜式方法。少浦點了一個雞火煮干絲，弄得堂倌一頭霧水，不知所措。堂倌知道點干絲那位客官是我們的主客，不敢回說沒有，後來我偷偷告訴他到臨近錫拉胡同的淮揚飯館叫一客雞火干絲來，才把這個難題解決。

揚鎮的干絲固然馳名大江南北，可是我在安徽的安慶，居然吃到一次鬆軟清淡精美的干絲。有一年我到安徽有事，鹽務四岸公所駐皖管事孫棟臣請我到安慶梓桐閣一家茶館興隆居吃早茶。我想安慶一枝春的糯米燒賣、富春園的蟹黃湯包、江毛兒原湯餃兒，都是赫赫有名的小吃，他為什麼巴巴請我到毫不起眼、危樓一角的地方吃早茶呢！誰知茗碗用的是白地青花細瓷蓋碗，茶葉用的是極品六安瓜片，就是這盅茶已非一般茶館所能備辦。干絲是金鉤、筍尖、雲腿清拌，干絲之綿軟細嫩，比起揚鎮的干絲，只有過之而無不及。一直聽說揚鎮干絲是從安徽傳來的，證之今日所吃干絲，諒非虛假。

興隆居店東曹大經人極風雅，原籍安徽貴池，是個讀書人，據說他家是明末清初遷來安慶的，他藏有一幅《杏花春雨圖》，是順治四年丁亥正科榜眼畫的大青綠山水，因為唐代大詩人杜牧的一首「清明時節雨紛紛」的七絕詩，引起後人許多爭議，弄得全國若干產美酒地區，幾乎都有一個杏花村。安徽同胞則肯定的說，杏花村在安徽貴池秀山附近，當地有口古井，井欄上刻有「黃公清泉」四個字，泉水清洌，用來釀酒，醑釀噀人。當地父老自宋朝起，就強調原始的杏花村確實是在貴池。明朝天啟年間，太守顏元鏡在村中特地建有一座涼亭，並題有「牧童遙指處，杜老舊題詩；紅杏添春色，黃爐憶舊時」詩句。根據歷史考證，杜牧在唐武宗會昌年間出任過池州刺史（貴池舊屬池州府），大概由於爭論太多，程方朝才繪了這幅《杏花春雨圖》，證明杏花村的史實。這幅手卷題詠甚多，妙的是其中題跋的孫卓是康熙己未年榜眼，梅立本是乾隆丁丑年榜眼、凌泰封是嘉慶丁丑年榜眼。四位同是榜眼、又同是安徽人，真是巧而又巧了。此畫主人先前還沒注意到，經我說穿之後，他高興萬分，愣是留我逛了一趟包公祠，吃了包河蘿蔔絲鯽魚湯才放我走。這段文字緣，讓我吃到了包河鯽魚，所以一直不忘。

筆者來臺帶了一個廚師劉文彬來，他是揚州人，揚鎮幾樣名菜，他做出來都有相當水準，可是始終未看他做過干絲。有一天他欣然來告，他跟師弟——銀翼的劉大鬍子（銀翼尚在火車站前營業）——兩人在中山北路二段快樂池洗澡，發現附近有一家麵店樓上有人會做徽干。經過他們指點，一塊干子居然能片到十九片，並且能夠保持徽干風格，越煮越嫩而不糜爛。據劉廚說：「干絲吸鹽甚快，臨起鍋時才能加鹽，就是火腿也宜後放，否則干絲再好、湯再鮮，口味一重，超過適口鹹度，干絲就為之減色，吃不到原味了。」近來吃了幾家淮揚館的干絲，無論燙煮，似乎都不夠味。自從劉廚上年病故後，現在想吃一份清爽適口的干絲，已經是可遇而不可求的事了。

宋子文拼命吃河豚

愛吃魚蝦的朋友，曾經評論魚類最肥碩鮮美的首推河豚。河豚含有劇毒，一個處理不當，吃了下去，立刻送命，「拼命吃河豚」這句話，古已有之，可是嗜之者照吃不誤，可見河豚是多麼誘惑嘴饞的人啦。

長江江陰要塞一帶都有河豚，而以清江縣產量最豐、魚最肥嫩，此外武漢也是出產河豚、講究吃河豚的地方，尤其是漢口礄口武鳴園是遠近馳名專吃河豚的百年老店。有一年財政部長宋子文蒞臨武漢視察財稅業務，當地財金大員自然天天追陪杖履，東邊視察，西邊督導了。某天宋子文忽然提起，就說漢口有一家專賣河豚的飯館，他想去嘗嘗，當時在座多人彼此相顧，誰也不敢答腔，宋則非常知趣說：「我知道吃河豚誰也不敢請客。」說著就掏出一塊錢，「算咱們自摸刀自吃自吧！」部長大人既然這樣了，於是晚飯大家就打道武鳴園了。武鳴園煮河豚的湯是老湯，天天不停的在火上滾，河豚上市自然是天天煮河豚，沒有河豚的時候煮黃鱔魚，所以肴漿似雪，味濃魚鮮。宋子文平素自命體健如牛，食量甚宏，在連聲讚美之下，頃刻之間就吃了三大碗，好像意猶未足，回到上海之後，在秦汾、李儻一班老友之前，把武鳴園河豚之肥濃鮮美形容得淋漓盡致。後來財政部同仁，凡是有事到漢口來，都要光顧一次武鳴園以嘗異味，可惜抗戰開始不久，日機轟炸武漢，礄口一帶受災慘重，馳名湘鄂的百年老店武鳴園受了池魚之殃，也變成一片殘垣瓦礫了。

恩承居的「善才童子」

高陽齊如山先生不但博學多聞，而且是美食專家，當年北平大小飯館，只要誰家有一樣拿手菜，他總要約上三兩知己去嘗試一番。

北平陝西巷是花街柳巷八大胡同之一，北方清吟小班大部分集中此地。偶然間齊先生發現陝西巷有一家小館叫「恩承居」，而且是廣東口味，不但清淡味永，而且菜價廉宜，從此恩承居成了他跟梅畹華幾位知己小酌之地了。有一次，梅畹華的秘書李斐叔跟我打完地球（**現在的保齡球，早年叫地球**），在珠市口碰見齊如老、梅畹華連袂而來，預備到恩承居吃晚飯，正感覺兩人太少不夠熱鬧，恰巧碰見我們，於是拉我們同去。我起初認為花叢之中能夠有什麼好的飯館，如老說：「你嘗過就知道了。」

恩承居是五六個座頭小屋，既無單間，又無雅座，客人如果怕吵，旁邊有個小院，竹籬泥地，淡然雅潔。如老讓夥計叫了一份「善才童子」，配了兩個酒菜，老規矩四兩同仁堂的綠茵陳。中國南北各省的飯館，我吃過的也不算少啦，可是「善才童子」這個菜名，我從來沒聽說過，更甭說吃了。

結果菜一端上桌，「善」是藥芹炒膳魚片，「才」是口蘑柴魚湯，「童子」是蠔油滑子雞球。菜名新穎別致，菜更味醇質腴、滑而不膩，深合我這不喜重油厚膩的胃口。據說恩承居有幾道拿手菜，是畫家金拱北的少君親自入廚調教出來的，後來好吃朋友給恩承居起了一個別名，叫它「小六國飯店」，盧溝橋炮響沒多久，它就關門大吉。往事成煙，大陸來臺的朋友知道北平小六國飯店的恐怕不多了。

咬春

「咬春」這個名詞聽起來很典雅，可是又有一點耳生，其實說穿了就是吃春餅，又叫吃薄餅。春打六九頭，年也過了，節也過完，以北平習俗來講，年輕兒媳婦們忙了一個正月，一進二月門，二月初二，娘家人也該接姑奶奶回娘家享享福了。接姑奶奶的頭一頓飯必定是吃薄餅，名為咬春，師出有名就不怕婆婆說閒話了。

北平一年春、夏、秋、冬，四季分明，吃東西更是遵循聖訓，不時不食，不管吃什麼都講究應時當令。春餅正是應時當令的吃兒，北平大家小戶，都要應應景來咬春。因為吃春餅的花費可大可小，菜式也可多可少，一大盤合菜再來盤攤雞蛋，配上甜醬、大蔥，三五知己據案大嚼，也能吃個痛快淋漓。

筆者雖然吃過上方玉食的春餅，可是研究起來還比不上大律師桑多羅家春餅來得細緻講究。桑大律師家住北平西單牌樓白廟胡同，他健飯好啖，所以吃成體重超過一百公斤的大胖子，平日酒菜固然饔炙精美，而吃起咬春的薄餅來，作料的齊全考究，簡直是一般家庭沒法比的。

北平人吃薄餅，講究到蒸鍋鋪去烙，一斤麵烙出餅來分八合、十六合兩種。兩頁為一合，烙的時候，中間用小磨香油塗勻，既取其香潤，又便於撕開，東北老鄉叫這種餅為單餅，其實是雙而不單。現在臺灣的北方館都叫它單餅，有些年輕跑堂的，您跟他說薄餅，他真能把撕不開的捲烤鴨子的餅端上來，愣說是薄餅呢！

據桑大律師說，他只有兄弟、沒有姐妹，無法接姑奶奶咬春，只好請些好啖的朋友一同咬春啦。吃春餅的餅，大小、厚薄、軟硬都要恰到好處，用油多少、烙的老嫩尤為重要。報子街把口有一家蒸鍋鋪叫「寶元齋」，以烙叉子火燒馳名，他家烙的薄餅經過桑大律師幾次指點改正，在西半城說起來可算頭一份兒啦。

當年江蘇督軍李秀山（純）退休後住在天津，每年請春酒的春餅，必定派專人到北平訂做。吃薄餅不可或缺的是羊角蔥、甜麵醬，臘盡春初，北平的羊角蔥還不十分茁壯，桑多羅曾經仗義給山東章丘一位姓魯的當事人打贏一場漂亮官司，魯家章丘的菜園子在白雲湖邊，土肥水甜，生產的大蔥一根足足四尺來長、八斤多重，蔥白一節甜而且脆，可以拿來當水果吃。魯家每年年前總要派專人選點自家園裡的大蔥跟自己做的甜麵醬來，這給桑府的薄餅增色不少，也可以說北平任何一家的薄餅，也趕不上桑府的醬鮮蔥脆。

現在吃薄餅講究來個炒合菜帶帽，把綠豆芽、菠菜、粉絲、肉絲、韭黃一炒，攤一個雞蛋餅往菜上一蓋就算完事。其實所謂合菜是大有講究的，先把綠豆芽掐頭去尾，用香油、花椒、高醋一烹，另炒單盛，吃個脆勁，名為闖菜。合菜是肉絲熗熟加菠菜、粉絲、黃花、木耳合炒，韭黃、肉絲也要單炒，雞蛋炒好單放，這樣才能互不相擾、各得其味。

至於薄餅裡捲的盒子菜花樣可多了，桑家捲餅一定有南京特產小肚切絲，另加半肥半瘦的火腿絲。燻肘子絲、醬肘子絲、蔻仁，香腸必定用天福的，爐肉絲、燻雞絲、醬肚絲一定要金魚胡同口外寶華齋的。這一頓咬春的薄餅，有誰家能東跑西顛備辦得像桑家那樣齊全呢！每年桑大律師家這頓咬春吃薄餅的盛會，因為桑律師對皮黃興趣極濃，吃完薄餅，總要來點餘興，所以這一餐總少不了言菊朋昆仲跟玉靜塵、王勁聞幾位名伶名票。有一年言菊朋把奚嘯伯、奚叔倜兄弟帶來，別看奚嘯伯沈郎腰瘦，可是食量特佳，捲得鼓鼓膨膨的春餅，他能一口氣連吃八九捲，全桌食量他可算是鰲頭獨占了。

清宮當年時常賞賜丹臣近侍咬春吃薄餅，雖然豕臘千味，有膾有脯，可是不配蔥醬，曾蒙恩賞在內廷吃過薄餅的人，無不視為畏途。現在吃薄餅，好像炒合菜帶帽認為是必不可少的餅菜。闔菜固然沒人知道，應當捲點什麼盒子菜，更沒人理會了，回想桑大律師府上吃薄餅排場講究，簡直是前塵如夢，令人有不勝今昔之感。

閒話元宵

農曆正月十五日上元節，又叫「元宵節」，中國的習俗，從北到南元宵節那天都要吃元宵。吃元宵來源甚古，據說從北宋時代就頗為盛行，不過最初不叫「元宵」而叫「浮圓子」，到了明朝才改叫「元宵」的。中國南北各省雖然都吃元宵，可是做法名稱各有不同，北方叫「元宵」，南方有些地方叫「湯圓」，還叫「湯糰圓子」的。袁世凱洪憲登基，因為「元宵」、「袁消」諧音，口彩不佳，愣是下手令，勒令大家改叫「湯糰」。北平九龍齋沒留神，寫了一張「新添什錦元宵」的紅紙條在門口，還被軍警督察處傳了去臭揍一頓，一時傳為笑談。

北方賣元宵，只有甜的，元宵餡兒不外是白糖、桂花、芝麻、豆沙、棗泥幾種；南方花樣可多了，雞肉、菜肉、雞油、什錦，花樣百出。有位北方人初次到南方，有人請他吃鮮肉元宵，他認為江米小棗才叫粽子，芝麻棗泥餡兒才是元宵，無論怎麼讓，絕不進口，他自命擇善固執，其實是無此口福罷了。到現在如果讓年紀大的北方人吃菜肉元宵，他們還覺得怪怪的呢！筆者雖然生長北方，可是飲食方面絕不自設藩籬，有所偏袒。

南方元宵是先擀好糯米粉皮子，不論甜、鹹餡兒包好搓圓；北方則把餡兒先做固體四方塊，放在盛有江米粉（糯米粉）的簸籮浸水搖晃，再浸再搖，元宵餡兒由骰子塊兒沾上江米粉外衣，由方而圓，這種元宵圓則圓矣，可是板滯而不鬆軟，比起江浙元宵外皮的鬆糯，實在覺得北遜於南。北平正明齋餑餑鋪有一種奶油元宵，餡裡摻有奶油（實際就是蒙古運來的牛油，經他們加工提煉之後，就叫它奶油），煮出來的元宵自成馨逸，表裡瑩然。此外還有天津旭街桂順齋的蜜餡兒元宵，純用蜂蜜加上白葡萄乾、青紅絲，甘旨柔滑，別有一種風味。以上兩種元宵，算是北方元宵的雋品，至於一般元宵，憑良心說，北方元宵太粗糙，實在不如南方元宵細膩多姿呢！

蘇州有一家茶食店叫「悅采芳」，據說是采芝齋分店，以玫瑰水炒出名。所謂玫瑰水炒就是玫瑰瓜子，您到店裡買玫瑰水炒，店裡就知道你是蘇州當地人了。春節他們店裡添上玫瑰元宵，元宵煮出來非常小巧，吃到嘴裡蘭薰越麝，別具柔香，足以證明蘇州是懂得吃而會吃的地方。

上海喬家柵的湯圓也是馳名京滬的，馬超俊任南京市長時，有一年請市府同仁過春節，就是用喬家柵湯圓請客，從此喬家柵聲名更盛，甚至國際友人也聞其大名呢！喬家柵的元宵餡甜的蜜漬香泛，濺齒流甘；鹹的膏潤芳鮮，腴而不膩。另外有一種雞肉薺菜餡的，漿溶碧液，更為鮮美，擂沙圓子細色異品，只此一家，允稱上味。抗戰期間，有些食客到市區喬家柵吃湯圓，不耐日兵盤詰，於是在辣斐德路開了一家分店，小樓三楹，瑣窗深映，不僻不囂，最宜清談，雙雙鰜鰈，固然趨之若鶩，上海一般文藝界朋友，也不時在此雅集。鄭逸梅、周瘦鵑幾位文壇健筆，給它取名「鴛鴦小閣」。老闆為討好顧客，所做甜、鹹湯圓，取材選料，無不精益求精。回想當年累裀而坐，香醑宴宴那種豪情逸興，不管湯圓的滋味如何，前塵若夢，此時此地已是渺不可尋了。

江蘇泰縣近郊，有個小城鎮叫忠保莊，河汊浹渫，盛產紫蟹，膏腴肉滿，有一家奇芳齋平素賣早茶，點心則以小籠包、餃、白湯麵為主，春節之前，添上蟹粉元宵，只限堂吃，煮熟元宵夾起來蘸一種特製香菜滷子來吃，金漿腴美，遠勝玉膾鱒羹。當年名噪一時的電影女星楊耐梅，曾經專程渡江到忠保莊來吃蟹粉湯圓，回到上海，盛誇奇芳齋的蟹粉湯圓如何腴美，所謂陋巷出好酒，想不到荒村野店，居然有這種絕味。明星電影公司鄭正秋是最愛吃大閘蟹的，久慕忠保莊的熬蟹油出名，聽了之後更是饞涎欲滴。可惜春節左右公司業務太忙，實在無法分身，於是特地派他少君鄭小秋跟媳婦倪紅雁過江到忠保莊去買到上海來解饞。無奈奇芳齋老闆堅持這種蟹粉湯圓只限堂吃，向不外賣，後來經人打圓場說了若干好話，並且告訴他，是上海電影公司老闆慕名而來，才破例賣了六十枚蟹粉湯圓、一罐香菜滷子回上海。雖然有幾枚因舟車輾轉皮破膏溢，味道已差，然而鄭正秋吃過之後，仍自讚不絕口，認為花費了若干川資，能夠吃到如此精彩的湯圓還是值得的。

四川成都小吃既多且精，是可以跟北平媲美並稱的。抗戰期間凡是住過成都的人，每逢上元佳節一吃元宵，沒有人不想到「賴湯圓」的。他家原本是總府街毫不起眼的一家小吃店，樓下是僅可容膝、廚房帶鋪的格局，樓上是包湯圓的作坊。包好的湯圓，用木製的提筐，從樓板上的方洞裡降落下來，繩子上繫著幾個小鈴鐺，叮噹叮噹通知樓下灶上的人接住，比起現在臺灣飯館出菜，用音樂電鈴叫人，那簡直落伍多啦。賴湯圓雞油湯圓，餡子確實用的純淨雞油，湯圓咬開，餡兒裡有一層瑩如玻璃的透明油脂，味清而雋，入口便能覺出絕非豬油。

臺北去年有一家湯圓以成都賴湯圓為號召，慕名前往，全都失望而回，不久也就關門大吉。現在臺北隨時隨地都有元宵可吃，或搖或包，餡兒種類也頗齊全，可是您要吃一份細色異品奶油蜜餡，或是喬家柵、賴湯圓一類湯圓，那是夢想，不知道大陸還能不能吃到早年那種芬芳似桂、膏潤芳鮮的元宵了。

我家的香椿樹

讀了王鴻鈞先生《穀雨之後椿芽香》大文之後，故鄉之思油然而生。

北平舍下舊居在清初時期大概是一座王公府邸，因為正房正廳屋面用的是圓形筒子瓦，東西沒有廂房，而是丹楹黝堊的寬闊走廊。大廳院裡左邊一棵梧桐，右邊一棵梓樹，修柯戛雲，都是挺然老木。廳截西耳兩間窗牖冏冏高大弘敞，筆者跟舍弟陶孫每天就在屋裡讀書寫字。窗前有一小跨院，中間有一座花臺，裡面種的是蔥翠吐秀的萱草。當窗一株兩人抱不過來的老椿，每當盛暑，枝葉茂密，參差掩映，滿室清涼。我常想，前人對庭園設計雖然技不專攻，可卻別具匠心，桐梓交耀、椿萱並茂是多麼典麗的口彩。所以清代名書法家王文治（夢樓）送了先曾祖一方「奕葉清芬」匾額，據趙次瑞先生說，這四個字雄偉挺秀，古樸之極，是夢樓先生得意之作。我們幼年讀書時節，只知香椿樹大蔭涼，雖然香椿結實，有成串的褐色果實，可以拿來做各種小動物，可是在繁花著樹、累串盈枝時，有一股異香異氣，聞了之後，香氣過分逼人，還覺得挺不舒服呢！

有一年初春一清早，我到書室找窗課，平素總是八點到書房溫書，那天不到七點，一進書房，就看見一個人爬到樹上摘椿芽。門房徐林馬上跟進書房來說，市面椿芽還沒上市，賣菜的老陳要求准他摘點去賣，他就沾光不小啦。既然是門口熟賣菜的想摘點椿芽，我也就沒追問了。後來才知道椿樹愈老發芽愈早，人家穀雨摘椿芽，我家香椿是百年以上老樹，一過春分，蟠木累瓔、屈曲輪囷，已著碧油油紫莖綠蕊的嫩芽了。據說香椿芽分初芽、二芽、三芽，越早香味越濃郁，把初芽在開水裡過一下，用南豆腐、香油、蠔油涼拌來吃，吐馥留香，清雋宜人。吃炸醬麵拿來作麵碼，則味勝豆嘴兒掐菜，可算一絕。到了二芽、三芽味漸淡薄，拿來燜蛋、炒蛋則仍具幽香，別有風味。老陳在樹上摘下來的初芽，大約第一次可以摘兩斤多，第二、第三次大概頂多一斤多點，不到兩斤，再摘就是二芽、三芽啦！他摘下初芽，用清水洗乾淨，修理整齊用細水蒲紮好，放在拳頭大的小蒲包裡，到各大宅門獻寶，當洞子貨（**北平南郊豐台農家在溫室培育的時鮮蔬菜叫洞子貨**）賣，愛吃香椿芽的當然拿它當珍蔬上味，可以賣好價錢了。他在舍下摘椿芽去賣，門房絕不敢跟他要錢，不過他車子上有的是其他時鮮蔬菜，選點給門房嘗嘗新，那是人之常情，我自然睜一眼閉一眼，就不去管他們的閒事啦！

自從來到臺灣，頭幾年就沒有吃過新鮮香椿，衡陽街幾家南貨海味店，偶爾有醃的乾香椿賣，一味死鹹，連一點香椿的柔香都沒有。民國四十六年，筆者在嘉義工作的時候，葦籬茅屋頗多隙地。有位在農業試驗所擔任育種工作的友好，送了我四株從大陸移來的純種香椿樹秧子，雖然只有一尺多高，微風搖曳，隱蘊菁香，絕非凡品。經過連年施肥培土，日漸茁壯，嘉義有家中央餐廳的經理毛君，雖然隸籍四川，可是最愛吃新鮮香椿拌豆腐。有一次我摘了一些椿芽，拿到中央餐廳讓廚房配菜，毛經理嘗了之後，認為這幾株香椿的香味跟大陸完全一樣。從此他時常派人到我的住所來摘，從初芽吃到三芽，三芽長成椿葉，方才罷手。

去年初夏，偶過嘉義舊居，院中幾株香椿已經翠色參天、亭亭如蓋了。大概現住的主人對於這幾株香椿頗為愛惜吧！渡海來臺，時光輪轉，不覺過了三十多年，欣欣小草已成喬木，歲月駸駸，北平舊宅那些層陰匝地、格枝杈椏的老椿，是否依然無恙？北望燕雲，中懷愴惻，思緒紛披，恨不能回去看看，我想五十歲以上的人都有這種想法吧！

銀鱗細骨憶船鰣

民國十七年暮春，鹽務稽核所在揚州召開了一次運銷會議，會後中南銀行的總經理胡筆江說：「鰣魚盛於四月，鱗白如銀，其味腴美，焦山船鰣尤負盛名，大家如有雅興，何妨巾車共載，偷得浮生三日閒，逛逛金焦，嘗嘗船鰣呢！」

於是中南銀行鎮江分行負責舟車食宿，我們一行男女十餘人，到了鎮江，上了小船，容輿中流了。鰣魚主要是吃個新鮮，可是鰣魚離水即死，轉瞬餒敗變味，鎮江雖然近在咫尺，離船登岸已經風味大減，所以一般美食專家們，一定要泛一小舟，停泊焦山腳下，等到漁人下網得魚，立刻在船頭烹而食之，才能膏潤芳鮮，盡善盡美。清朝康熙、乾隆巡幸江南，品嘗過出水船鰣後，還有御製詩遍示臣下呢！根據江寧府志記載：「魚之美者鰣魚，四月初，郭公鳥鳴，捕者以此候之。」我們到焦山正是四月初間，新柳乍剪，柳花串串。據有經驗的老漁戶說，早年郭公鳥鳴，不出三天，就有大隊鰣魚出現，近年郭公鳥日漸稀少，每年柳花開時，焦山附近就有大群鰣魚游來。焦山定慧寺的僧侶們說，那些鰣魚都是來朝山的，在朝山的前三天，有成千累萬的小黑蟲在江面飛翔，最後全浮在水面，讓鰣魚飽啖，當地人稱這種小蟲為「鰣魚糧」，只有吃過鰣魚糧的魚，才會脂豐肉嫩，漁人們屢試不爽。我們船泊焦山腳下，魚群正是飽啖之後，尚未洄游，庖人就在船頭用炭火清蒸供饌了，等到登盤薦餐，果然銀鰣細骨，表裡瑩然，雋觽甘腴，風味清妙，與在寧滬揚鎮所吃鰣魚迥然不同。大家在江上吃過這次船鰣，雖然勞師動眾，沒有一位不說值得的。

鰣魚精華全在鱗下脂肪，因此烹調鰣魚和烹製其他魚類不同，洗滌乾淨，不先去鱗，要到吃的時候，先嚌啜鱗片上脂肪，然後再吃魚肉。鰣魚知道鱗是它的寶貝，也特別愛護，鱗一掛網，恐怕傷鱗，即不復動。同去吃船鰣的鎮江商會會長陸小波，對吃鰣魚最有研究，他說：「鰣魚只宜清蒸，紅燒、油煎鱗脂全失、膏肪蕩然。網獲鮮鰣，挖去腸膽，用布拭去血水，以花椒、砂仁擂碎，加入花雕、蔥絲、薑米後，蓋上幾片『蔣腿』，不用生抽、鹽花，放在陶器內上鍋蒸熟，自然擎盤散馥，明透鮮美。」善食者之言，當然是經驗之談。

陳含光先生介弟笙友，知道鰣魚的故事最多，大家飽啖鰣魚之後，在船頭瀹茗，他講了一則鰣魚的故事，非常有趣。他說：「有一位鎮江姑娘嫁到南京，三日入廚下，調羹奉姑的時候，正趕上鰣魚上市。新媳婦入廚，大嫂、小姑都想看看她的手段如何，於是特地買了一尾鰣魚，考一考新媳婦。誰知新媳婦拿起廚刀，毫不猶豫，三下五除二，把一條鰣魚鱗片全都刮掉，姑嫂們一看，以為她是外行，也不說破，單等上飯桌看笑話。誰知一盤鰣魚端上來，雖無鱗片，可是比不去鱗的鰣魚還要腴美。飯後細細跟新媳婦討教，才知人家從小生長在江邊，每年春末都有大隊鰣魚游來，耳濡目染，自然成了烹調鰣魚高手。她們認為魚不去鱗，總欠美觀，而鰣魚之美，厥在鱗脂，於是把刮下鱗片，用針線聯串起來，吊在鍋盅裡面，蒸魚的時候，水氣翻騰，鱗脂漸次溶解，完全滴落魚身上，鱗上脂肪點滴不剩，比帶鱗鰣魚還要鮮美，又免去剔鱗之煩，從此姑嫂才不敢小看這位鄉姑出身的媳婦。」

民國初年，交通只有舟車，而無飛機，冷藏設備又沒有現在完美，無論如何用舟車輾轉，在平津吃到的鰣魚，雖無異味，可是風味全失。記得比竹村人徐世昌做大總統時，在懷仁堂天然冰鎮，大宴群臣，請吃鰣魚，筵開幾十桌，鰣魚當然難保全都新鮮。他有一位鄉氣十足的貼身近侍，等夜闌人散，以為殘膏冷炙，可是大夫燕食，珍味餕餘，必然仍可大快朵頤。誰知吃了一口鰣魚，覺得魚肉糟敗，毫無可取，還不如家鄉熬魚貼鍋子來得落胃呢！後來總統府一直傳為笑談。現在臺北的江浙館子也時常拿清蒸鰣魚為號召，冰凍若干天的鰣魚，是否肪腴味美，那只有天曉得了。

魚香十里帶魚肥

日前華視新聞播報，目前臺灣近海已進入帶魚盛產季節，漁民冒著強風勁浪，紛紛駕舟入海捕魚，因為魚群沛集，家家都是滿載而歸，人人笑逐顏開，把漁獲所得成筐盈簍送到魚貨市場去。從電視上播映情景，不由想到了當年山東沿海一帶捉捕帶魚的盛況。黃海中各種魚產都集中在青島小港近海一帶，凡是魚汛來臨的時候，都會有些珍奇怪異的魚類被發現，所以各省的水族館測知魚汛，都會指派專家前來刺探，不惜重金，蒐集價購，如果是不耐久藏的罕見魚類，立即在青島就地製成標本後，再行攜回研究。

青島魚汛中以帶魚數量最多。有一年筆者奉派到青島一帶沿海地區公幹，住在舊提督樓，當地漁會的會長來告，青島的魚汛是一樁奇景，大批的帶魚群已逐漸游近小港。既然碰上不可不看，於是我們一同去了漁港碼頭，雖然港灣迴環堪避勁風，可是海風冽冽襲人衣袂，猶覺衣履單薄，憑欄遠眺，只見遠處飛雲迴舞，奔電流虁，頃刻間海面上銀鱗沃雪，碧海翻光，帶魚一條接一條，口尾相連，魚貫而來。最大魚群能接成十多里長一條魚帶，蘇東坡詩所謂「光搖銀海眩生光」，足以說明海裡魚帶子是多麼矞麗壯觀了。漁民運氣好的碰上兩三萬斤大魚帶子，可以一網而罟發個小財。帶魚進入盛產期，青島帶魚便宜到給錢就賣，碼頭上的搬運腳行，原本是以火燒槓子頭一類堅硬麵餅為主食的，才能精力充沛、能耐重載，可是一到帶魚季節就不吃麵餅，改以帶魚當飯啦！外省人初履斯土，還覺得以魚當飯，未免太奢侈點了，殊不知吃帶魚，比吃雜糧還便宜，而且可以增加耐力呢！

帶魚到了旺季，青島無論市集廟會，到處都有捧著大籠屜在人群裡穿梭叫賣蒸帶魚的，一掀籠屜蓋，香聞十里，腴肪噀人，整個籠屜裡都排滿四寸多長一塊的帶魚段，熱氣騰騰，滑嫩凝霜。蒸帶魚的做法說起來極為簡單，把帶魚用水輕輕洗淨，勿傷銀鱗，用花椒、鹽、薑汁、料酒塗勻，上鍋蒸透即可大嚼。當年柯劭忞太史最愛吃這種蒸帶魚，據說做法看起來簡單，可是手法各有巧妙不同，用料多寡，蒸時久暫，火力大小，在在都是有講究的。

青島一地賣蒸帶魚的無慮千百人，其中一位日照人稱「曹大鬍子」的，允稱個中高手。柯老告訴人，他年輕時候以魚代飯，有一次吃四斤蒸帶魚的最高紀錄。後來入京供職，鄉人知道他的特嗜，每每從山東攜來蒸帶魚，請他老人家嘗嘗家鄉風味，此刻即便有盛筵相招，他也寧願辭盛筵而在家中大啖蒸帶魚。林長民說：「柯老是捨熊掌而就魚的老叟，還特地請陳寶琛太傅寫了『魚樂居』三個字的橫幅給他。」可見蒸帶魚對柯老來說是多麼醉人了。

早年松山菸廠廠醫莊金座，愛吃帶魚，對於帶魚頗有研究。他說：「在日本求學時期，所吃帶魚肉柴而瘠，並不覺得好吃，後來回國才發現臺灣海峽的水流、溫度都適合帶魚生長，肉才轉為肥厚腴嫩，同時帶魚最愛惜身上的銀翳，一旦受了損傷，魚味便失去鮮嫩。而臺灣所製漁網繩結較為粗硬，網獲的帶魚，要它鱗翳無傷，勢所難能，所以在臺灣吃帶魚，以海釣所獲肥潤鮮腴，才算珍品。」他每逢休假就到花蓮海釣，有一次漁獲甚豐，他在寓所治饌宴客，親自主廚，雖非全是帶魚，盤簋羅列，九孔、蝦、蟹都是海釣珍味（當時吃海鮮尚沒有像現在這樣瘋狂流行）。魚鮮蝦嫩，味清而雋，皆屬妙饌。一味酸辣西施舌，更是令人吃後念念難忘。

前天從電視新聞中看到幾幕漁獲鏡頭，才想起現在又是帶魚盛產季節了，雖然

什錦拼盤

吃海鮮的餐館鱗次櫛比，元宵前後到鹿港、關渡、淡水吃了幾次海鮮，除了帶魚尚屬鮮嫩鬆美外，其餘海產都極普通。雖然吃海鮮時下很流行，可是真正想吃一頓細色異品、香酯珍膳，看來還不十分容易呢！

北方人愛吃的烙盒子

烙盒子純粹是一種北方麵食，既然叫「烙」，自然以支爐上烙而且不抹油為正宗，像蔥花餅、家常餅、芝麻醬糖餅、清油餅、肉餅、餡餅都是鐵鐺上烙，並且兩面刷油，吃到嘴裡味道就兩樣了。烙盒子的支爐是北平門頭溝齋堂特產，當地出產一種鋼砂，堅而發亮，燒出大大小小的砂鍋，挑進城來沿街叫賣，北平老住戶都是買它來熬粥，說是米蘊元香，粥又爛乎。平劇裡有一齣玩笑戲《打砂鍋》，有個叫大鼻子的丑角，在臺上一撒瘋，把大小成套的砂鍋摔得粉碎，滿臺飛碎片。北平人說俏皮話「賣砂鍋的論套」，大概砂鍋容易燒裂，所以老太太一買砂鍋，總是論套買的。砂鍋鼓子帶蓋兒，膛兒大且深，燉肉不走氣，鍋塌羊肉，熟得快，容量多。薄砂吊子短嘴帶把兒，還附帶一片往裡凹的薄片蓋子，那是熬中藥湯劑飲片的專用品。支爐有大中小三號，其形像平劇打鼓佬的丹皮，支爐上面全是透空洞眼，比砂鍋鼓子所用的材料就厚實多了。賣砂鍋的挑子上，就是這四樣東西。舍親金君好吃支爐烙餅，從北平帶出一個支爐來，他住在南昌街的時候，住所失慎，全幢房子燒光，他居然把支爐搶出來了。後來我跟他說物稀為貴，您這個支爐比雍正的白地青花、乾隆的金地五彩還要值錢呢！在臺灣，雍正、乾隆的細瓷不算稀奇，您這個支爐在臺灣可能是獨一份，豈不是無價之寶了嗎？

話越扯越遠，還是談談烙盒子吧！盒子雖然是把麵擀成兩個麵皮兒合起來，可是麵的軟硬要和得恰到好處，麵太硬，捏不好會裂嘴；麵太軟，不好包，也不好烙。烙盒子，原名叫菜盒子，顧名思義，盒子是以菜為主，要是大蔥牛羊肉餡，一咬一兜湯，那得歸入肉餅、餡餅一類，應當歸入粗吃兒的麵食，不能算是烙菜盒子了。正規盒子應當以菠菜、小白菜各半為主，可加入點嫩青韭，菜要剁爛，青韭切細，雞蛋炒好切碎，上等乾蝦米剁碎（**蝦皮固然不用，蝦皮剁不淨的蝦米也忌**），加上各種調味料拌勻即可。至於木耳、黃花、豆腐、粉絲都是花素蒸餃用的，最好不要瞎摻和。盒子大小以三寸為度，在支爐上烙，點油不沾，才算真正烙盒子。

近兩年烙盒子好像很走時，有些北方館都添上了烙盒子。有幾位好吃的朋友問我哪家盒子烙得好？這話可就難講了。烙盒子是家常吃，在大陸沒聽說哪家小飯館有賣烙盒子的，飯館都用鐺，沒有用支爐的，而烙盒子一定要用支爐烙才夠標準，現在臺灣上哪兒去買支爐呀？有人說，天廚小吃部的烙盒子尚可，以形象大小論倒是不錯，不過餡子太粗，盒子上掛油，吃完不十分爽口，近乎餡餅。中山北路有一家北方館叫「天興居」，曾經以烙盒子號召過一陣子，那家老闆沙蒼是老北平東安市場會元館的少東家，他雖然吃過、見過，可惜灶上的白案子不一定聽調度，盒子烙出來倒是有個樣兒，可惜犯了麵硬餡兒粗的毛病。後來「陶然亭」也添上烙盒子了，在烙餅的鐺上烙盒子，難免油重了點兒，奇怪的是大師傅手上沒準頭，餡子時好時壞，大概常換做手的緣故。中山北路、青島東路各有一家賣烙盒子的，金針、木耳、豆腐、粉條亂摻一通，近乎莊戶人家吃的烙盒子。信義路有一家小飯館也賣烙盒子，盒子有五寸大小，咬開一兜韭菜，簡直成了韭菜簍兒了。聽劉枋女士說，中和市有一家烙盒子還不錯，劉女士會吃、會做，她的推介當然不會錯，有機會總要去嘗一嘗。總之，烙盒子是一種家庭麵食細膩做法的吃食，是無法大量供應的。筆者自從來到臺灣，每逢年節，內人總是做幾個花素盒子給我解饞，整天大魚大肉，偶然吃一餐清淡適口的麵食，身心俱暢。我想有若干朋友，都贊成我的吃法吧！

陋巷出好酒，小館有珍饈

當年在大陸，除非喜慶做壽，論氣派擺排場，才在大飯莊、大飯館請客外，真正會吃的朋友，平日三、五人小酌，講究下小館，尤以平津為甚，所以北平的一條龍、耳朵眼、穆家寨、都一處、禎元館、天成居、餡餅周、恩成居一類的小飯館都特別走紅。

臺灣光復之初，幾乎沒有大陸口味的飯館，像蓬萊閣、新中華、小春園、新蓬萊，雖然丹楹碧牖，鋪錦列繡，翠袖殷勤，等於伎樂所萃，儘管水陸雜陳，可是庶饈鹹酸，難致其美。稍後老正興、狀元樓、三合樓、瓊華樓、渝園、銀翼等大陸口味的飯館陸續在臺北營業，大家才能嚌啜恣饗，嘗到家鄉口味。近幾年來因為經濟繁榮，人民生活水準日漸提高，一些新開的酒樓、飯店，華屋高閣，競趨崇郅，家家布置得富麗堂皇，古雅高華，綺筵香醑，一席之費能盡中等家庭整月之糧，登盤薦餐，望之皆屬妙饌，一經品嘗，時或失飪，倒不見得每樣都是上食珍味。良以餐館越來越多，主廚掌勺，就是那幾位割烹大師，一時變不出若干高手易牙，於是手藝稍微高點的大師傅變成天之驕子，你以高薪挖走，我以更高待遇搶回，以至蜀中無大將，小三子、小六子都成了現代易牙，月薪高到十萬八萬還挑剔拿翹呢！我輩饞人，這種豪華大飯館吃不起，只好像在大陸一樣，專找貨真價實、食之有味的小館稍快朵頤了。

最近發現寶宮戲院巷子內有一家小飯館，還算乾淨，有幾個菜名為粵菜，不失其正，價錢也還公道。鹽焗蝦本來是楓林小館名菜，他家蝦子選得甚精，蝦殼薄，肉新鮮，炸好上桌，殼酥肉嫩，至少可與楓林媲美。灶上大師傅腕力強，勺上火工到家，所以脆皮肥腸、脆皮豆腐獨擅勝場，肥腸炸得酥而且脆，毫無臟氣，比北方館的鍋燒肥腸要高明多了。脆皮豆腐是廣東東江菜館一道尾食菜，當年廣州西關「文園」吃烤乳豬把它列為敬菜，豆腐切成大骰子塊，炸得黃如瑪瑙，在盤子裡疊成寶塔形，四圍調味料白糖、赤糖、椒鹽、海鮮醬各放在四個小碟子裡，嗜鹹愛甜，各取所需。這個菜他們做得大致不差，只是沒有「文園」擺的款式漂亮罷了！臺北幾家東江派粵菜館似乎還沒有這菜，在小飲開樽、麴塵縈繞之餘吃吃這類小館，似乎比吃那一席萬金的盛饌珍饈身心口體方面都舒服多啦！陋巷出好酒，小館有珍饈，凡我老饕，想有同感。

秋果三傑——核桃、栗子、大蓋柿

在美國的超級市場裡，看見有合金製、像圓規似的小夾子，另附六把長把小彎刀，雕琢精細，式樣美觀，我猜不出它的用途。小兒告訴我說：「美國習俗，到了耶誕節，有客人光臨，要用帶殼核桃款客以示慶祝。有了這種刀夾，就可以夾掉外殼，剔取核桃仁來吃了。」

中國早年吃瓜子，閨中倩女恐怕傷了潔白玉齒，所以用一種瓜子夾剖瓤剝仁來吃，核桃夾子則向所未見，而且式樣靈巧，所以買了幾副帶回送人。同時我想，中國人雖然沒有夾核桃來吃的習慣，等到東籬蟹肥，拿來當持螯賞菊的工具，一物兩用，豈不妙哉。

核桃是山貨之一種，所以又叫山核桃。據種核桃樹有經驗的人說：「直魯晉豫甘陝各省都產核桃，另外有一種麻核桃，皮堅皺多肉少，是專為觀賞及老年人揉轉活動指腕用的。小山核桃只有一般核桃二分之一或三分之一大小，除了供人觀賞外，因為核桃外殼堅中帶韌，容易奏刀，所以成付的小山核桃，雕刻家都視為珍品。還有一種核桃內衣是深褐色，肉緊而細，微澀而甘，有人叫它香核桃，是入饌雋品。杭州有一種沙核桃，皮薄肉酥，有類榧子，為閨中消閒零食，那也是核桃中別種。核桃樹大都生在山窪水涯，城市裡的人大都沒見過核桃樹是什麼樣子。當年北平舍下有一棵核桃樹，高逾尋丈，初秋結實，顏色碧綠，形似芭樂，熟後摘下先要漚爛皮肉，砸碎硬殼，剝吃其中種子，稍一不慎，果漿汙衣染手，久久不褪，所以舊式染坊，有用它作染色劑的。烏鴉是最喜歡吃鮮核桃的，核桃剛一成熟，它把綠皮果子扭下來叼到隱秘所在，埋到土裡，等到外皮漚爛，再把核桃翻出，利用鋼喙，啄殼吃肉。大家都說笨老鴉，其實它吃起核桃來，比一般鳥雀要靈巧得多呢！北平夏季什剎海有一種下酒的雋品叫「河鮮兒」，除了菱角、鮮蓮、雞頭米，嫩藕是就地取材，全是什剎海的河鮮兒外，其餘榛子、杏仁、鮮核桃仁，更是冰碗兒裡不可缺少的材料，尤其鮮核桃是不可少的主饌。當年會聚堂消暑的冰碗兒，哪家飯莊都比不了，就是他家鮮核桃仁是從核桃園整批躉來、獨沽一味的。

北平有一種山貨屋子，諸如核桃、栗子、紅棗、山楂等都屬於山貨買賣範圍。

各貨到了收成季節，四鄉八鎮的鄉民，整筐整簍的送到山貨屋子來賣。經過山貨鋪的精挑細選分類後，再賣給乾果子鋪，價格就大不相同了。乾果子鋪做的核桃黏，當年銷路最廣，凡是喜慶壽筵，講究四乾、四鮮、四蜜餞，其中少不了核桃黏。其實核桃黏只是欺霜勝雪潔白無瑕，堆在果碟裡顯得好看，講到好吃，遠不及酥炸核桃仁來得香脆饌人呢。

北平春華樓有個菜叫「核桃腰子」，是一道火候功夫菜，腰子要酥，核桃要脆，其色金黃，甘鮮腴肪，這道菜臺北市的江、浙、寧、紹館似乎還不多見。近來臺北市的各省飯館日漸增多，為了營業上競爭，無不挖空心思，把花樣翻新添些菜色。前兩天在一家新開飯館吃到「核桃酪」，顏色是淺黃近褐，既無棗香，核桃又磨得太粗，吃到這種核桃酪，不由人想起當年北平錫拉胡同玉華台的核桃酪了。核桃酪雖然以核桃為主，可是棗泥是必不可缺的主要配料，核桃固然要磨得極細，而棗剝得仔細乾淨和棗泥的份量，也是做核桃酪最要緊的一環。棗子要用「小紅袍」，取其棗肉充實，棗有柔香，兩者加水研漿成汁後要兌得均勻，不稀不稠，糖不可多，以免因太甜而減少香氣，據說此菜傳自當年以美食著名的楊蓮甫家。臺灣核桃雖不難得，但紅棗此地得之極難，這種真材實料的核桃酪恐怕只有在北方才能再嘗這種美味了。

栗子也屬於落葉喬木，霜降後成熟，外殼刺如蝟毛，一苞有單瓣、雙瓣、多瓣果實多種，瓣越多果實越平整，內衣越好剝，糖分也越高。現在臺灣吃的栗子，多半是韓國出產，韓國原本不生產栗子，是明初韓國貢使從中國帶回繁殖的。日本人對栗子有偏嗜，而且用栗子做的糕點式樣繁多，他們的栗子是明朝大儒朱舜水先生東渡講學時移植過去的，並教給他們種栗子、吃栗子，到現在日本人最喜歡吃的羊羹，就是以栗子粉為主要原料做出來的。

考諸古籍，中國在初唐時期，祝釐薦新，就知道用黃栗了。據說栗在秋實中成熟最早，栗子豐收，定然年卜大有，所以用它來登盤告廟以兆吉徵。宋朝大詩人陸劍南就是出了名愛吃栗子的，他每晨趨朝，袖裡總藏著一袋熟栗子，一邊走一邊剝著吃，等栗子吃完，也正是朝參侍禁時候了。民國二十年我在漢口服務公職，當時統稅局副局長謝恩隆先生，人極灑脫隨和，不拘小節，每天早上他總是步行到公，左右口袋裡塞滿了糖炒栗子，隨走隨剝，有時碰到我揣著新出爐的烤白薯從對面而來，他認為跟我是同好。有一天我們邊走邊聊，他突然問我，他別署慕南，可知出處？我當時被他考住。後來他說，陸劍南嗜栗為命，只要糖炒栗子一上市，便每天半斤，一直到下市絕不中斷。他與放翁嗜好相同，所以才起了「慕南」這個別署。從這次談話，我才知道陸放翁居然是愛吃栗子的同好呢！

栗子在北方也屬於山產一類果實，在北平西山一帶滿山遍野都種滿了栗子樹。南方人管栗子叫「板栗」，長江一帶所有賣糖炒栗子的，無不以良鄉糖炒栗子為號召。倒是生在北方的人，十有八九並不知道良鄉的栗子那麼出名。有一年筆者到涿州去公幹，道經良鄉，經當地一位鄉紳指點才知道，良鄉東大窪出產的栗子每苞五粒，實小而甜。有位試子落第回南，路過良鄉帶了不少栗子回去，跟書僮在上海浦東賣起糖炒栗子來，從此生意越做越發達。因為他的栗子是從良鄉買來的，所以就拿良鄉栗子為市招，從此大家相率效尤，都以良鄉栗子來號召了。北平前門外「通三益」是北平最大的乾果子鋪，據他們掌櫃的說：「一個秋季，他們櫃上至少要買兩萬斤出頭的栗子，才能夠應付糖炒栗子所需。門市買賣，總是五六百斤一批向山貨屋子進貨，既沒有到良鄉採購過，也沒有良鄉行商到櫃上來兜售，大概良鄉出產的栗子都運到南方去了。」

北平糖炒栗子屬於乾果子鋪的獨有生意，早年的北平，大家有一種商業道德，熗行來做生意是眾所不齒的。不像現在做生意，只要哪一行賺錢，大家就一窩蜂似的爭相趨之，非等臭一街才肯罷手。

其實糖炒栗子也有它的一些竅門，不是任何人率爾操觚都能勝任的。首先糖炒栗子所用的燃料，不是木炭，不是劈柴，而是搭天棚拆下來的廢蘆席。據乾果鋪的人說：「廢蘆席易燃，火旺煙少，沒有煙燎子氣。炒栗子用的砂粒，最好是陳年舊砂，如果全用新砂，加再多餳糖，全被砂子吸收，栗子反而沾不足甜味，所以乾果子鋪用完的砂子，一律留起來第二年再用。炒糖炒栗子是樁辛苦事，必定要用孔武有力的壯漢，而且要有長勁，十多斤的鐵鏟，不但要適時上下翻動，炒到半熟才能加餳糖，栗子稍一裂嘴注入糖稀，才能恰到好處。到了年終批紅，要給炒手留頭份兒，就連幫著燒火的小利巴也要點綴點綴呢！」

糖炒栗子一定用人工炒，才覺得柔潤香糯，其味如飴。當年北平西單牌樓附近，有一家西點鋪叫「濱來香」的，看著左鄰右舍的乾果子鋪賺錢，自己想賣糖炒栗子，又怕別人笑他竄行做生意，於是他用一架攪拌機來炒（**跟現在炒肉鬆的鍋大致相同**），以示與眾不同，而且免得別人說閒話。剛一開始，大家看著新鮮，都買個一斤半斤來嘗嘗，吃過的感覺是沒有人工炒得鬆透好吃，糖分也嫌不勻，第二年就銷聲匿跡啦。

從前上海有一家栗子大王「新發興」，每年糖炒栗子上市，時常有些闊人十斤八斤買了帶到南京去送人。有一年我跟上海聞人李瑞九經過新發興門口，老闆胡阿四愣拉我們進去吃糖炒栗子，尤其是讓我嘗嘗比北平的滋味如何。起初我覺得吃糖炒栗子北方多的是，有啥稀奇，誰知吃了之後，芬芳似桂，齒頰留香，果然其味特殊。胡阿四說，他前幾天陪朋友去杭州逛西湖，碰巧趕上汪莊採擷桂花栗子，他帶了二三十斤回來，炒出來吃，果然後味帶有桂花香味。喝竹葉青時用它來下酒，香味更濃，所以捨不得賣，留下來自己慢慢品嘗。桂子飄香，也正是毛栗結實的時候，孕育芳甤，自然柔香撲鼻了。

抗戰之前，故都閥閱世家，有些位整天遊手好閒、吃喝玩樂的公子哥兒，有人給他們起了一個共同外號，叫「八大少」，其中有一位叫尹大的更是刁鑽古怪。他吃糖炒栗子，一定要挑坐落路西乾果子鋪門面朝東的才買，他說秋季涼飆，颼的是西北風，糖炒栗子的火焰必定要穩，栗子才能炒得透，餳糖入味，迎著西北風來炒，火頭閃爍不定，當然不會恰到好處。大家起初總認為他不過說說而已，哪知有一天傭人偷懶，沒到日常照顧的西單牌樓路西的增盛永去買，而在路東的聚盛德買回來。他剝開嘗了一個，立刻察覺不是路西乾果子鋪炒的，從此大家都叫他「栗子大王」，他也就居之不疑了。

旅居美國的華僑最近有人回到北平探視，打算買包糖炒栗子嘗嘗，走遍了東四、西單鼓樓前，也沒找到一家賣糖炒栗子的。據一些老北平說：「自從明朝朱舜水先生東渡，把中國文物傳播到櫻花三島後，日本人對於栗子頗感興趣，於是把栗子製品，陸續傳給了他們。現在日本的羊羹、栗餅、栗糖就是朱先生留傳下來的。」

命相家李栩厂生前最愛吃栗子，筆者有一年到上海，他請我到霞飛路的飛達西點鋪喝下午茶。飛達的栗子蛋糕加鮮奶油，當時在上海灘算是最時髦又名貴的西點。名人李祖發、唐瑛伉儷也認為是餐後尾食中雋品。我嘗了之後，栗子雖然鬆美，但香料太濃，已奪原味，大家都誇好，我也不便太殺風景。後來栩厂北來，我在擷英西餐館請他吃奶油栗子麵兒，甜不膩人，細不失潤，南友北來嘗過的人，無不稱為珍味。來臺之後雖然也吃過幾次栗子蛋糕，不是失之過甜，就是入口滯膩。有一次在美加美買了一個蛋糕吃，覺得除了稍甜之外，味道還不錯，把沒吃完的放在冰箱結冰櫃裡，第二天再吃，懷冰凍果，似飴似冰，別有風味，此地吃不到奶油栗子麵，以此代食，亦可解饞，嗜者不妨一試。吃不完的糖炒栗子剝去硬殼，把它風乾個三五天再吃，甜度也隨之加濃。名醫楊浩如說：「老年人吃了還可以壓治風火咳嗽。」所以先慈生前只要有糖炒栗子，總要剝幾粒放在床頭小瓷罐裡，夜晚壓咳嗽。如今海天遙隔，墓木早拱，展拜無從，想起昔年陪侍剝栗子情景，每每目眩鼻酸，悲從中來。

水果中筆者偏嗜柿子，柿子原產地是黃河流域的冀、晉、魯、豫各省，不但產量豐富，而且品質亦佳，後來逐漸向南移植，出長江流域再移向珠江流域，甚至臺灣也照樣出產柿子，不過越往南移植，格於氣候土壤不同，成熟期越提前，果型也越縮小。既然全國各地都有柿子生產，產地不同，名稱也就各異。柿子原名叫「柹」，柿子是俗寫，在本草裡叫「君遷子」，北方叫它「大蓋柿」、「磨盤柿」、「朱紅柿」、「風柿」，南方叫它「南柿」、「高裝柿」、「丁香柿」、「青皮柿」、「水浸柿」、「燈籠柿」。照柿肉來分，又有脆柿、軟柿、清湯柿種種名堂。北方有句俗語說：「七月紅棗八月梨，九月柿子趕上集。」在秋露凝霜，重陽左右，脆柿子、軟柿子才陸續上市。柿子實重枝柔，不能等到在樹上成熟才來摘取。脆柿子只要稍微泛黃就要摘下，軟胎柿子也要半青半紅時期摘下來加工。這樣半成熟的柿子，其味苦澀不能入口，早先是埋在石灰堆裡，叫「攬」一下除去澀味，才能變成美味的水果。近來有人研究用電石淹沒保溫促熟，只是如此一來似乎有一股刺鼻電石味。舍間有一棵柿子樹，是先祖姑當年手植，不但是東陵名種朱紅蓋柿，而且是用黑棗接枝，多年培植高逾五丈，初夏時期翠蓋參天，夏間著花，繁星點點，玉果璇珠，到了秋意漸濃，柔紅片片，燦若霜楓，也就到採擷時期了。碩果大而朱紅，因為是多年老樹，孿生纍瓔，疊實突兀。有一年筆者遵海而南，到上海去探親，特地選了一網籃形狀怪異的送人，得之者無不視為果中珍異。這種柿子，皮一發黃，立即連枝摘下，掛在不住人、不生火，北方叫「冷屋子」裡的牆壁上，自然漸漸成熟變紅，吃時把柿蒂慢慢起下來，用小調羹挖來吃，吮漿嚌肉，如飲甘蜜，如嚼冰酥，潤喉止渴，滌煩清心，似冷香凝玉，沁人心脾，我叫它「柿子冰淇淋」。筆者少年頑皮好弄，把吃過而完整的柿衣注入涼水，再把柿蒂復原，放在院裡凍結實後，仍回置原處，不知者取而食之，只是清水一兜，引為笑樂，此情此景一眨眼已是半世紀以前的事了。吃過這種清水柿子的老友，現在在臺灣的，恐怕還大有人在呢！

柿子除了可吃新鮮之外，也可以晒成柿餅來吃。把柿子去皮壓扁，放在通風向陽的地方，日晒風吹到半乾，然後放在罎子裡壓實，等生滿白霜，然後取出，用麻繩穿起來壓緊，就成了一串串的柿餅了。山東曹州的柿餅又叫庚餅，馳名華北，北平賣果子乾的，都拿真正曹州庚餅來號召，是否確實別有滋味，倒沒聽說有誰來考校過，不過曹州庚餅上的柿霜治療口瘡，其效如神，百試百靈。本草上說：「柿甘平性澀，潤肺寧咳，療腸風痔漏，清上焦心肺之熱，治口舌咽喉瘡痛。」可見柿子確實是頗有功效的。

柿霜能治口瘡，於是有柿霜糖片出售，北方乾果子鋪論斤出售，其形狀、大小、顏色跟美國箭牌口香糖彷彿，不過一是方角，一是圓角而已。柿霜糖片甜度很高，入口甘涼，如果放在陰涼地方用瓷器密封，可以經年不變，其味如新，如果胃火太旺，吃幾片柿霜糖，確能收消炎止痛的效果。這種柿霜糖片，只有華北各省有得賣，江浙一帶有宦遊過北方的人，拿柿霜糖片當餽贈親友禮物，比送京都細點、什錦蜜餞還受鄉里友人歡迎呢！

柿子除了生吃，很少有熟吃的。抗戰之前，筆者在西安經過鼓樓前一家叫「錦香齋」的糕餅店，夥計大喊「新烙的柿漿餺飥，又香又甜」，餺飥只聽說沒有見過，用柿漿作餡兒，更是前所未聞，自然不肯放棄一嘗的機會。這種餺飥是用熟透柿漿跟雞蛋打在一起和麵，擀成餅皮，把甜杏仁、核桃去皮，連同冰糖、青絲壓碎，做成甜餡包起來壓平，用輕油小火烙熟，趁熱來吃，味永香醇，跟藤蘿蒸餅有交梨火棗之妙。我吃了之後，給老闆建議，西安的栗子又大又甜，如果把栗子磨成粉摻在麵粉裡，可能滋味更佳，並且給它取名「三傑餅」，老闆欣然接受，答應一定試做。我當時以為說過即罷，誰知抗戰勝利之後，在北票煤礦聽雷孝實先生（陝西人，名實華，當時任北票煤礦總經理）談到西安錦香齋有一種三傑餅非常好吃，名字也比泰安的狀元餅來得雅馴。想不到錦香齋老闆，居然言而有信，不但做三傑餅出售，而且還出了名，真是始料所不及。

文昌雞和嘉積鴨

前幾年，臺北中華路上出現了一家賣海南雞飯的，因為物美價廉，生意做得蓬勃勃。臺北飲食業素來有一窩蜂跟進的惡例，沒過多久，臺北西門町附近賣海南雞飯的一下子有七八家之多。海南雞飯，說得正確一點兒，真正名稱應該是「文昌雞飯」。

在香港的一般吃食店，都是用「海南雞飯」這個名稱來號召。最初有人在香港報紙上談說，海南雞飯是從新加坡傳來的，有人提出反駁，於是在報紙上展開了論戰，究竟哪兒先有海南雞飯，雞一嘴、鴨一嘴的令人莫衷一是。最後經一位老食客指出，最先出現是在民國三十二年廣州市文昌路的廣州酒家。廣州文昌路之得名，乃開闢馬路之前，有一座文昌廟，馬路開成，就命名文昌路，所以跟海南島的文昌縣無關，並拍有照片為證，才停止了這一場筆戰。廣州酒家一開業，就以「文昌雞」、「嘉積鴨」來號召。當然文昌雞是指海南島文昌縣的雞，而非廣州市文昌路的雞則彰彰明甚。

嘉積地處海南島東陲，屬瓊海縣，當地人養嘉積鴨跟北平的填鴨有異曲同工之妙。他們養鴨是用一種「埕」，埕底有孔，以便清除穢物，鴨養大長肥，把埕擠得滿滿的。這種鴨飽食終日，迴旋無地，所以膘足肉肥，骨軟而脆，凡是吃過嘉積鴨的，自然知道它的風味如何了。當初軍事專家蔣方震（百里）先生有瓊海縣朋友送他兩隻嘉積鴨，他認為嘉積鴨是鴨中珍品異味，遠比北平烤鴨好吃呢！

新加坡大排檔有個叫瑞記的飲食店，四五十年前，海南文昌縣有一個叫莫復瑞的，披荊斬棘，遠涉重洋來開創事業，子承父業，現在已由莫的曾孫淵若來繼承了。淵若說，他曾祖初到新加坡時推著手車，沿街叫賣文昌雞、嘉積鴨，每天雞鴨各做六隻，因為他老人家對於選購雞鴨有獨到的竅門，所以車推出來不一會兒，雞鴨就賣得精光。他說一隻宰好的雞，新鮮不新鮮，主要是看雞肉，鮮紅的是好雞，泛紫的就不太新鮮了。活雞首先聽聲音、看動作，要嘹亮生猛，如果啼聲細沉，不斷伸頸呼吸，嘴吐白沫，那種雞千萬別買。鴨的看法跟雞不同，鴨是以尾油為主，一隻鴨的肥瘦決定鴨的好壞。鴨子的眼睛靈活清晰，就是好鴨子，如果鴨頭不斷低垂，不是灌過水，就是填過沙子的。買鴨子最重要是分別老嫩，老鴨的毛比較粗糙，只宜用於煨燉；至於嘉積鴨一定要母鴨，飼養得法，鴨才肥嫩。經過多年勞苦經營，瑞記才在新加坡大排檔買下這座鋪位，每天可以賣到上百隻雞鴨。用埕養鴨已經無法供應，不用埕養，鴨肉一定變質，為免壞了多年贏得的美譽，於是停售嘉積鴨，獨沽一味，專賣海南雞飯了。現在每天賣六七百隻雞是正常生意，到了假日或有大批觀光團體擁到，賣上千把隻雞也是常事呢！現在新加坡大排檔賣文昌雞飯的，已經不只瑞記一家，而一般老食客，要吃文昌雞飯還是認定瑞記來照顧。生意做大了，時代也不同往昔，他家文昌雞飯也沒有莫復瑞時代那樣講究，可是瑞記收購雞隻，條件仍很嚴格，保有一定風格。就拿燒火的柴來說吧，每一根柴的粗細長短全都一樣，以求火力停匀。這些細微末節，其他賣海南雞飯的就都無法辦到。瑞記開在新加坡 Middlerd 已經四五十年了，風傳新加坡政府要把這個地段老舊房屋重新改建，瑞記飯店未來的命運如何，就不得而知了。

就是沒有雞絲拉皮

李翰祥先生在他所寫《三十年細說從頭》長篇連載裡，有一段小利巴說：「就是沒有雞絲拉皮。」這使我驀然想起了當年學生時期吃雞絲拉皮的滋味。當年在北平，雞絲拉皮是一道極普通的涼拌菜，可是在臺灣從北到南，像樣的北方館少說也有二三十家，可從來就沒吃過合乎標準的雞絲拉皮。

記得昔年在北平讀書時期，學校距離東安市場不遠，因此每天這頓中飯，總是同學相約，一塊兒到東安市場潤明樓去吃，逢到週末、月尾總要打一兩次平伙。學生的伙食費有限，不外添個炒木須肉，或是抓炒里肌，趕上黃花魚季來條煎餮黃花魚而已。至於雞絲拉皮，這是大家最歡迎的一道涼菜，所以每次打牙祭總少不了雞絲拉皮。潤明樓在北平頂多被列為中等飯館，可是他家的雞絲拉皮，在所有山東飯館裡可算得數一數二。北平夠得上叫字號的山東館都是自己做粉皮，滑潤細嫩，晶瑩透明，要是關照跑堂兒的粉皮要削薄剁窄，挑一箸子一禿嚕而下，真是充腸適口，沁人心脾。我們因為常年照顧潤明樓，算是老主顧了，堂口、櫃上、灶上都熟，所以一叫雞絲拉皮，不但雞絲作料老尺加二，粉皮更是雙上，讓大家吃個痛快。後來離開學校，時常有應酬，發現東興樓的雞絲拉皮比潤明樓還要高明。粉皮是自己做的，自然不必說啦，連芥末雞絲都有講究：芥末必定現烤現和，衝勁才能恰到好處；雞絲是絲絲連皮活肉，不摻發紫的胸脯與白肉，所以入口之後沒有木木渣渣的感覺。可是東興樓賣雞絲拉皮的價錢，比潤明樓的高出一倍，還要拐彎兒呢！

北平人吃素菜，講究到尼姑廟三聖庵去吃。庵裡的素拉皮也是非常出名的，不但粉皮是自己做的，就連小磨麻油、青醬、高醋也都是廟裡磨研釀造的。出家人不近蔥蒜辛辣，說是有混濁之氣，天人就不來說法了，所以芥末也在禁用之列。她們拌拉皮用焦炸麵筋末，先把麵筋餵好作料，用滾油炸焦壓碎，用來拌粉皮，香脆溫潤兼而有之，可算素菜中雋品，也算拉皮裡的別格。

前兩天偶然遇見一位當年同在潤明樓吃雞絲拉皮的老同學，他說：「來到臺灣二三十年，從臺北到高雄就沒吃過一次滿意的雞絲拉皮。」我告訴他，此間所有北方飯館所用的粉皮都是拿乾粉皮泡的，因為泡得不均勻，時間拿不準，以致軟硬不

什錦拼盤

一，厚薄各異，能用筷子挑起來已經不容易了，你想要削薄剁窄的粉皮，那就更辦不到啦！

在臺灣吃拌粉皮，只有鍋裡拌，名為「拌」，實際近乎炒了。先把韭黃、肉絲炒好，把泡好的乾粉皮下鍋同炒，儘管粉皮有的地方泡不透，可是下鍋一炒，也就滑軟劃一了，雖然粉皮寬窄不一，但是大致還不離譜，總能慰情，聊勝於無吧！

蝦米治病

以常識來判斷，魚蝦鱗介含有少量磷質是不容置疑的，不過其含量多到影響人的健康或導致癌症的可能不大。因為在大陸，從東北到西南，沿海地區都產蝦米，我吃了幾十年的蝦米，都沒覺著有什麼感染。可是近十多年來市面上蝦米，以顏色來說鮮紅渥丹，蝦皮半數褪不乾淨，不是帶蝦腳就是連蝦尾，一看就知色非本色，必定偽裝加了色素。不管他加的色素是有害人體或無害人體，總是避之為上，要吃只有到街上買點韓國出產的淡黃色的蝦米做菜，不但鮮味濃，而且吃著不用提心吊膽。

一幫好啖朋友中，梁均默先生對於海味的品嘗最為精到，他說：「吃海味講鮮度實在是北勝於南。北方水寒波蕩，魚蝦鱗介生長得慢，纖維細而充實，自然鮮腴味厚，南方魚蝦則正好相反。拿對蝦來說，天津、塘沽、秦皇島出產的對蝦鮮郁肉細，山東沿海一帶所產對蝦，鮮雖鮮矣，肉則不及塘沽所產細嫩，到了盛產時期，塘沽碼頭上的勞工甚至拿鹽水煮大蝦當飯吃。至於臺灣東港的對蝦，賣相雖然相當不錯，可是吃到嘴裡柴而且老，鮮味更差，酒館裡把它當成珍品海味，而會吃的人則不屑一顧。回想當年從天津紫竹林坐北洋班輪船到上海，船經煙台，停泊海中，各種小販都划著舢板，用鉤桿子搭住輪船的欄杆猱升而上。除了賣煙台葡萄、蘋果的，就是賣海蜇、大頭魚、對蝦乾的了。在民國十四年，一枚銀元可以買一百對大蝦乾，帶到上海送人，好些人不知怎麼吃。有一次我請人吃飯，五花肉燒大蝦乾，吃得盆乾碗淨，連剩點肉湯都讓快手倒在碗裡拌飯了，這一餐現在想起還覺得其味醰醰。」梁默老這番繪影繪味之言，把對蝦乾的品評，可以說允當貼切之極。

北平不像臺灣有專賣魚蝦、蟶蠔、鮑翅的乾貨海味店，這類乾海味都由乾果子鋪來賣。北平乾果子鋪全係晉省同胞經營，所以又叫「山西屋子」。最著名的有前門大街通三義、西單牌樓全聚德、西四牌樓隆景和，都是百年以上老字號。通三義每年外銷乾果、蜜餞、海味曾達到四五百萬美金。他家蝦米種類多達三四十種，不是內行叫不出那許多名堂，其中有一種小金鉤，蝦身細小，顏色紅而透明，拿來做雞蛋小金鉤炸醬拌麵吃，比肉丁、肉末炸醬素淨滑香。當年洪文卿、賽金花是蘇州人，都不欣賞麵食，可是對這種半葷半素的炸醬倒不時做來佐餐。洪的公子兆東在他的隨筆裡屢有記述，諒來是不會假的。

鍋貼是在平底鍋上臨時澆水加油烙出來的，餡子無論牛肉大蔥、羊肉白菜，或是豬肉韭菜，都覺著有點膩人，如果餡子用花素，吃到嘴裡就覺著濃淡適宜了。不過花素餡拌得清雋膏潤者，實在不多，不是猛摻黃花、木耳，就是豆腐、粉條過量。北平是鍋貼發祥地，可是在北平我還沒吃過有滋味的花素鍋貼；反而在漢口一家保定館吃過一次花素鍋貼，鍋貼大小、皮的厚薄、鍋上的火候都能恰到好處，尤其鍋貼的餡，芳鮮腴潤，令人吃了一次，還想再吃。漢口的那位白案子師傅說：「雞蛋要打得鬆、炒得透。蝦米用熱油一淋即可，避免用熱水來泡，蝦米一經熱水，鮮味就全跑掉了。」他家鍋貼特別鮮美，就是這個道理。老友方穎初稱那家保定館的花素鍋貼為「極品鍋貼」，信非順口溢美之詞。

抗戰之前，我因胃病到青島療養，每天清晨就到海灘晒晒太陽，呼吸新鮮空氣，到了十點左右，總有一位六十多歲老先生，手裡拿著一隻蹭光瓦亮、亮得發紫的酒葫蘆，到棧橋下邊策杖漫步。一會兒有工人扛來一隻麻袋，把麻袋裡裝的半乾蝦米倒出來曝晒，在蝦米旁邊放下一隻小馬柵兒（可以摺的小凳子）讓老先生落坐。有的蝦米陰乾一晌，老先生就趕忙撿起來納入口中，跟著喝一口酒，大約坐上半小時，四兩燒刀子，二三十隻蝦米下肚，他就起身蹣跚的走了。每天如此，我足足看了半個多月，有一天我特地湊上前去跟他搭訕，哪知此公非常達觀而且健談。他說他前半年得了噎嗝症，食水都梗喉管，不能下嚥，群醫束手，幸虧嶗山「上清觀」有一位道長，頗精岐黃，看他飲食不進非常痛苦，於是傳了他一個秘方：趁曉露尚濃、晨熹初旭時光，把晒到八成乾的蝦米攤在海沙上，蝦米晒到一縮一跳，就把那粒蝦米拿來嚼爛，用白乾酒送下，每天吃上十幾粒，半個月後自然見效。他吃到了二十多天，飲食已經暢通，等吃滿一個月，他就可以停止了。想不到乾蝦米、燒酒還能治病，真是聞所未聞了。

華北直、魯、豫一帶莊稼人，飲食都異常清苦，每餐主食全是雜糧，能吃一頓二米子飯（**白米和雜糧同煮**）或是伏地麵貼鍋子，那就是吃犒勞；要是吃一頓白菜豬肉餡兒的餃子，那就是過年開葷了。有一年我到山東濟寧有事，在一家醬園子作客，那家醬園子土地佔了半邊城，碰巧趕上他們員工吃犒勞，廚房人托著油盤，直喊上海味了，我走近前一看，一碗雞蛋羹上面浮放幾粒蝦乾，再則就是一大碗海米熬白菜了。從前侯寶林跟郭榮盛說相聲，就拿海米熬白菜調侃過北方莊稼人，想不到並非誇大，而是實有其事。最近因螢光劑問題蝦米滯銷，到菜市場巡禮，大小各式蝦米都充斥街頭，乏人問津，套句說相聲的話：咱們現在闊得邪門，連海味都沒人問津了。

玄霜酒、月華糕
——乾隆、慈禧兩朝的中秋

好像吃完粽子沒有多久，一眨眼又到了中秋節該吃月餅的時候了。每年三五舊遊把酒對酌，總免不了縱談往事，一邊聊天一邊讓我把所知道當年宮廷是怎樣歡度中秋的寫點出來。清朝歷代帝王中最講究享受的，一位是清高宗乾隆皇帝，一位就是兩度垂簾的葉赫那拉氏慈禧皇太后。

自從康熙在熱河興建了避暑山莊，每年總要等到金風薦爽，玉露凝霜，過了中秋佳節，才啟駕回鑾。乾隆皇帝弘曆是康熙五十年（辛卯）八月十三日誕生，而且是卯年即皇帝位，同時又是卯年稱太上皇訓政實行內禪的，因此對這個「卯」字特別重視而有好感。而他的誕辰，又跟中秋節相連，蟾宮玉兔又暗合「卯」字，所以每逢中秋令節，總是過得特別高興，一班近侍弄臣為了博得這位十全老人歡心，更要把這個節日裝點得綝縭耀彩、燦爛繽紛了。康熙既然是在熱河行宮度過中秋才鑾輿駕返，因此他更有詞可借，每年萬壽總是在熱河行宮舉行，所以中秋也以在熱河度節為多。

乾隆在熱河過節，內膳房向例在八月初就要準備萬歲爺供月的月餅備用了。據說最大一個寶塔式月餅重逾十斤，名稱叫「年年有」，兩個三斤重的玄霜月華餅，都是月光供必不可少的祭品。此外賞月用三寸大的小月餅，那就是賞賜王公以及宮眷用的啦。

八月十五日一交酉正，皓月東升，皇帝在蓮花套大營或是百花洲設置月光供。萬歲拈香拜月焚燎撤供之後，寶塔式的大月餅遵例妥慎保存起來，留到當年除夕再吃，取一年到頭歡喜堅固的口彩。三斤重月華餅則以一個進奉皇太后，分賜皇后及各宮妃嬪們，名為散福；另一個皇帝則留歸自用並賜侍從人等。皇帝吃月餅時，各處都燃放五彩焰火來助興，照當時情形來說，還不算過分靡費。

普通人家過中秋，只過八月十五一天，慈禧是最會出題目、湊熱鬧的，自咸豐駕崩從熱河還京，她過中秋改為從八月十三到十七為止，一共要過五天，除了八月十五日當天是正節外，前兩天叫「迎節」，後兩天叫「餘節」。她老人家認為「餅」、「病」兩字諧音，「月」「餅」二字連起來念，聽起來好像婦女們最厭惡的「月病」，於是叫督總管崔玉貴，傳皇太后懿旨，叫了多少年的月餅，在內廷以後一律改叫「月華糕」，同時規定月光供果品中的藕要用九節的，叫「平安藕」，取節節平安之意，西瓜中剖切成蓮花牙，叫「團圓瓜」。宮廷之內，大家都謹記改口，否則讓皇太后聽見會不高興，甚至會加以斥責的。

在「迎節」、「餘節」這四天裡，都在頤和園景福閣吃烤肉，月臺上擺滿了吃炰烤涮的用具、作料。照說吃炰烤涮應當是用牛肉、羊肉，可是清宮規定郊天福禘才准用太牢設祭，平素牛肉是不准進入宮門的。可是吃炰烤涮，只有羊肉獨沽一味實在單調，因此慈禧又別出心裁，用吉祥好聽的名詞「福祿壽考」來吃炰烤涮。所謂「福」是用雞片跟關東雉雞片，所謂「祿」是關東麞了跟鹿肉，「壽」是大尾巴肥羊，「考」是松花江的白魚切片。至於烤肉用的炭火，是選用產自北京西山的「銀絲紅羅炭」；烤肉木柴是產自長白山的松柏枝；涮鍋子用的炭是吉林松柏木燒成的松香炭，而且在炭火裡不時要添點老山松子、松塔。這過節幾天御用的雞雉魚鹿、松柏枝、松香炭、松子、松塔統由東三省的官員負責備辦齊全，還要特派專人趕在八月初十以前齎送頤和園御膳房收存備用。當年趙次珊、徐東海都辦過這項皇差，據說層層挑剔實在頭痛呢。

在景福閣吃完「福祿壽考」御筵，大家簇擁老佛爺到水木清華的諧趣園、涵遠堂抽袋水煙消食散步，接著坐小轎到頤樂堂入座聽戲，欣賞傳差進宮的一些內廷供奉跟昇平署太監們演出的應節好戲，總不外是《天香慶節》一類吉祥新戲，每天劇碼換新，聲歌達旦。

十五日到了正節，早朝時太后、皇帝先在排雲殿接受三品以上文武官員的朝賀，中午仍在景福閣大排御宴。按照御膳房內檔記載，這桌御宴叫「黃盤野意酒膳」，饌品菜式全照當年乾隆在熱河行宮過中秋時排場，一律使用金銀器皿，五福捧壽嵌金銀絲琺瑯碗盤，並有丹桂飄香圖樣，用資點綴佳節。

入晚則在昆明湖上舉行「泛舟賞月燈花宴」，在開筵之前，早在瓊樓玉宇高處的紫霄殿預先搭好五丈多高、一座銀白色錦紋緞金頂雲龍的大幄，叫「夜明幄」，幄內正面設有九龍奪珠圍幕，金鉞玉斧、寶蓋珠幢分別左右，幕前擺著寶座、九龍鏤空墨玉長案，正中供奉「夜明之位」神龕，幄內四周和頂篷張掛月白色壁衣，地上鋪著厚厚的儷白妃青地氈，人在幄中恍如置身如夢如幻的廣寒仙境。這一桌「太陰供」薦蜻翅之脯，進秋江之鱠，酌玄霜之酒，獻月華之糕，上方玉食，珍異悉備，鮮美精巧那就不必說了。祭禮開始，太后主祭，皇帝率王公大臣在左，皇后率妃嬪、王公大臣、福晉命婦在右，由欽派大臣朗誦駢四儷六祝文，太后拈香叩拜默禱，皇帝、皇后率眾行禮如儀，再由道眾奏樂誦經送燎，這祭月大典，方告禮成（**民間傳說男不拜月，在宮中皇帝及王公大臣均各跪拜如儀，並無所謂男不拜月說詞**）。

祭月之後，太后在排雲殿月臺上安設臨時寶座，把祭月撤下來的糕餅、果品分成若干堆，擺列在御案之上，與祭的人各一份，就在門洞裡席地而坐，共度月圓，這還有個名堂叫「排雲殿分克食」。當時外臣內覲，如蒙許賜祭月大典，排雲殿分克食，無不視為聖眷殊榮呢！分完克食，才開始賞月節目。御舟遊船依序迤邐而行，船上旨酒靈肴羅列滿前，船的四周掛滿銀飾彩仗、各式宮燈，船尾由昇平署打起十番，吹起清音，太監們在沿湖各處，不斷競放焰火花盆，直沖霄漢。小太監們更不時燃放河燈，蓮花萬盞，流光千斛，清音逸響，大月高懸，一直到月闌人散。這樣一個中秋佳節，不知要耗費多少國帑呢！傳說當年翁常熟任戶部尚書時就因為夜明幄內務府報銷五十萬兩銀子，翁力持不可報銷，慈禧因此懷恨才去官的。究竟是否屬實，雖非盡然，可是也不能說沒有牽連呢！

歲寒圍爐話火鍋

東籬菊綻，時序轉秋，正是已涼天氣未寒時期了，這個時候如果要吃涮羊肉火鍋（早先吃涮鍋子只限羊肉，很少用牛肉的）似乎又嫌早了一點，北平各大飯館為了招徠顧客，於是先添上菊花鍋子作為應時的供應。菊花鍋子用的是淺底敞沿掛錫裏的紫銅鍋，取其傳熱易熟。黃銅底托，鏤花隔牆，中間是比酒盅大一點的酒池，貯放酒精。這種菊花鍋原本是錫器店的獨門生意，後來搪瓷跟鋁製品大行其道，錫器店趨於淘汰，現在市面上已經買不到真正紫銅錫裏的菊花鍋子啦。菊花鍋子顧名思義，鍋子裡以菊花為主，可是吃的菊花瓣一定要用白色的，據說白色者無毒，而且香味馥郁。把剛開放的白菊摘瓣去蒂，跟魚片、蝦仁、腰片、里脊，加上炸粉絲、白菜心，放在鍋裡或煮或涮，眾香發越，甘旨柔滑，正是秋末冬初宜飯宜酒的美肴。

什錦火鍋，在酒席上來說是一種壓桌的飯菜，一般人除非飯量特別好的動動筷子外，大多數的人在醉飽之餘，頂多淺嘗即止。普通什錦火鍋無非是海參、白肉、蛋餃、雞塊、爐肉、蝦仁、胗肝、肚片、粉條、白菜而已。有一次一位警界朋友請我在北平後門慶和堂吃便飯，要一個「統領火鍋」，這一下可把我考住了。火鍋的種類，我知道而吃過的也不算少，可是「統領火鍋」不但沒嘗過，甚至沒聽說過。結果端上來一看，火鍋是出了號的大鍋，鍋子裡除了一般什錦火鍋應有的一切外，還有魚肚、魚唇、干貝、翅根一類高級海味，比起江浙館的全家福還來得細緻。據說當年王懷慶任步軍統領的時候，每逢緝獲殺人放火、搶劫巨案，他一高興，必定邀請所有出力有功人員，在慶和堂歡聚慶賀一番。什錦火鍋裡加添若干高級海味，就是他關照做的，所以叫「統領火鍋」。這種珍饈肥羜，雖然臛澆雜錯，可是物美價廉。因為當時步軍統領衙門的人員律己極嚴，遇上這種破獲大案子，為民除害，人人心懷感激，商人只求夠本，絕不忍多收一文錢的。

爐肉丸子火鍋，這種火鍋豬肉槓帶盒子鋪都有得賣，他們把每天賣不完的爐肉、豬肉剁把剁把做成丸子，過一下油。有人叫鍋子，櫃上的小利巴不但管送，而且管收，還附送白肉湯一小罐，在抗戰之前這樣鍋子七八毛錢足矣。一般住戶，冬季臨時有客人來家留飯，叫一個爐肉丸子火鍋，自己再另外準備點白菜心、細粉絲、凍豆腐邊煮邊吃，宜飯宜酒，賓主也能樂和一番。

瑞雪初寒，冬意漸濃，就該搧個鍋子吃涮羊肉了。早年吃涮羊肉有許多講究，火鍋一定要用炭火，鍋子火搧旺了，發出一股子銀炭香，迎風襲人，比用液體酒精、固體酒精或瓦斯都來得夠味兒。東北吃涮鍋子，可以羊肉、牛肉、豬肉三種同涮；在北平吃涮鍋子必定是羊肉、羊肝、羊腰子，甭說牛肉，連牛肚、牛腦都不能在同一鍋子裡涮，說是牛羊羶腴各異，牛羊肉一混合，湯就不好喝啦。北平最著名賣涮鍋子的東來順、西來順、同和軒、兩益軒幾家教門館子，搧好鍋子端上來，往鍋子裡撒上點蔥薑末、冬菇口蘑絲，名為起鮮，其實還不是白水一泓，所謂起鮮也不過是意思意思而已。所以吃鍋子點酒菜時，一定要點個滷雞凍，堂倌一瞧就知道您是行家，這盤滷雞凍，不但老尺加二，而且特別濃郁，喝完酒把雞凍往鍋子裡一倒，清水就變成雞湯了。

早在民國初年，東單哈德門一帶洋伙食房子就有機器切的牛、羊肉片賣了，可是會吃的朋友一嘗，就覺出不對勁兒，有點木木渣渣的，所以北方幾家大館子絕對不用機器切的肉片，而是特約切肉片的師傅來切。切肉片的師傅還非常搶手，要提早在夏天就先到保定、淶水、定興、定州一帶請妥了。到烏烤涮一上市，每家門前都是燈燭輝煌，師傅們運刀如飛，平鋪捲筒，各依其部位，什麼「黃瓜條」（肋肉）、「上腦」（上腹肉）、「下腦」（下腹肉）、「磨襠」（後腿肉）、「三叉兒」（頸肉）等名堂，機器切片，那是辦不到的。這些切肉大師傅們都按季算帳的，從立秋到舊曆年，高手工錢要過千，次一點兒的也得七八百塊，比當時中級公務員一年的薪水還多呢！吃涮鍋子最後要下點雜麵吃，據說去羶吸油而且吃了不叫渴，是否真有那檔子事，只有吃者自己去體會了。鍋子吃完，剩下鍋子底兒，實在是羊肉鍋子精華所在，此時炭盡火熄，餘溫灼人，要把鍋子裡殘肴倒出再吃，那要看堂倌的道行了，如果倒得乾淨俐落，少不得小費要多叨光幾文了。

鍋塌兒，屬於家庭簡便涮羊肉的吃法，到了冬季，北平不論大家小戶都要生個煤球爐子來取暖，就利用這個煤球爐子來吃涮鍋子，既經濟又實惠。北平京西門頭溝附近，有一個地方叫齋堂的，當地砂土帶有鋼性，北平煎藥用的薄砂吊子、熬粥用的砂鍋、烙餅用的支爐，都是齋堂的特產，它另外有一種砂鼓子，除燉肉外，也可以拿來涮羊肉，只要香油、蔥、薑、料酒爆鍋放湯後，就可以涮肉吃了。因為煤球爐子火力旺而長，所以鍋子湯永遠是翻滾的，可省去隨時加炭的麻煩，鍋邊再烤上幾塊發麵餅就著涮肉吃，比火鍋確實簡便經濟多了。

北平是個三六九等複雜的社會，身上有個塊兒八毛能讓您吃喝玩樂一整天，您要是家財萬貫，要把它折騰光了也非難事。假如您嘴饞了想吃涮鍋子，一個人下館子叫個涮鍋子，經濟不經濟倒是小事，這種「獨釣寒江雪」的吃法，湯固然肥不了，一個人獨涮，也顯得太枯寂單調了。在這種情形之下，您不妨到門框胡同或是天橋去吃共和火鍋，跟大家湊湊熱鬧。共和鍋比普通火鍋大三四倍，把火鍋嵌在鑲有鉛鐵皮矮腳圓桌裡，火鍋裡隔出若干小格，不管生張熟魏各據一格，自涮自吃互不侵犯，各得其樂。當年北平青年會有個幹事美國人艾德敷，最愛吃羊肉涮鍋子，一個冬季，他總要到門框胡同吃個十次八次共和鍋，後來他調回美國，還特地訂做兩鍋共和鍋帶回他故鄉「肯塔基」去。今年夏天我在美國舊金山聽朋友說，肯塔基州有一家餐館賣共和火鍋涮羊肉，我想大概是艾德敷先生的流風遺韻吧！

以上是平津一帶吃火鍋的大致情形，到了東北吃火鍋，又跟平津不大一樣了。東北的習俗，無論貧富，除夕一定要吃火鍋守歲。瀋陽有句諺語：「家裡的火鍋子，家外的車夥子。」意思說火鍋子、趕車的都是耗費最大的無底洞，車夥子運一趟糧食偷一次，火鍋是什麼昂貴的山珍海味都可以煮進去。東北的火鍋以酸菜、白肉、血腸馳名，臺灣大半的北方館子一到冬季都添上酸菜、白肉、血腸火鍋，經霜的大白菜，用開水漬過了，不但去油，而且開胃。講究的火鍋紫蟹銀蚶、白魚冷蟾，眾香雜錯，各致其美。從前北寧鐵路局局長常蔭槐最講究吃這種東北式火鍋，他又得交通運輸上便利，所以，他冬季在北平請客吃火鍋，什麼白魚、蟹腿、山雞、蝲蝗、蛤士蟆、魚翅、鹿脯、刺參，東北的珍怪遠味，無所不備，加上薄如高麗紙的白肉、細如竹絲的酸菜，鍋子開鍋一掀鍋蓋，連二門外都聞到香味，凡是吃過的人無不認為是火鍋中極品。

跟山東朋友聊起濰縣諸城的朝天鍋，沒有不饞涎欲滴的。一交立冬，朝天鍋就上市了，愛吃肥的牛肉老鍋，愛吃瘦的爐肉老鍋，所謂老鍋就是陳年老湯。英美菸公司總經銷王者香曾經陪我到濰縣十二里堡譚家坊子考察菸農種菸葉的情形，順便在濰縣河灘邊吃朝天鍋。據說那家的老湯，足足有百年以上歷史，每天牛肉的銷量總在一兩百斤之譜，鍋子裡永遠是油汪汪、紅噋噋、香噴噴大塊肥瘦牛肉在火鍋裡翻滾。指定吃哪一塊，掌勺兒的立刻用小手叉子挑出來放在案板上，用極熟練的刀工切塊加湯，配上爐邊烤的外焦裡軟的發麵火燒一吃，說句良心話，真比一桌不南不北的酒席來得適口入味。當地鄉親們去吃朝天鍋，有的吃完之後，還帶一罐老湯回家，再加上白菜、豆腐、粉條一燉，一家大小又是一頓有滋味的晚餐啦！

四川烹調的特色是麻辣燙，毛肚火鍋可以說三者俱備。北方涮鍋子多半是白水一鍋，而四川毛肚火鍋，鍋子湯么師已經給您調配得當，鍋子端上桌，已經濃郁麻辣，香氣爛漫了。毛肚送上來一燙即熟，入口甘脆，所以餐後么師必定奉上熱帕子、漱口水，讓客人把辣出來的滿頭大汗擦去才好出門；用涼水漱口，可以使口腔裡的麻辣勁兒早點消失。筆者第一次吃毛肚火鍋，放下筷子，就覺得面頰紅脹，不久就長出兩粒青春痘來，後來才漸漸習慣了。現在四十歲左右大陸來的朋友，十之八九嗜食辣椒，甭問，必定是四川來的川娃兒，要不然就是別省人在四川長大的。現在在中國住久了的歐美仕女也染上嗜食辣椒的習慣，她們比我們似乎還尤有過之呢！

臺灣光復之初，任何大陸口味的火鍋都沒有，要吃只有日本的雞素燒。平鍋淺沿，非煎非煮，還猛往鍋裡放砂糖，甜中帶鹹，鹹裡有甜，加上醬油裡攪上生雞蛋蘸肉片吃，只能說是異國風味，談不上什麼好吃。總之三島來臺的觀光客，一進飯館就要炰烤涮，很少吃雞素燒的，兩者的滋味如何，就可思過半矣。

臺灣光復不久，紅樓圓環發現了幾家賣沙茶牛肉爐的。除了肉類、內臟，還加上魚丸、貢丸、魚餃、牛腦、脊髓，所謂沙茶實際是來自馬來西亞，而不是中國發明的。「沙茶」也是馬來話譯音，意思是「三塊」。馬來人習慣把三塊肉穿在竹籤上，在滾開醬汁裡涮著吃，每串三塊，所以叉三塊以訛傳訛就變成沙茶了。沙茶醬的原料以蝦米、鯿魚、花生、椰子粉為主，配料有薑粉、辣椒粉、蔥乾、蒜頭、五香、芝麻、糖、鹽，以椰子油炒製而成，而且各有秘方，本來用來炒菜的，現在反而變成吃火鍋必不可少的蘸料了。今春筆者旅遊東南亞，到處都有潮汕沙茶火鍋供應，想不到馬來西亞的名產變成中國吃火鍋的調味料了。

韓國的石頭火鍋，在臺灣也熱鬧了一陣子，橘逾淮而為枳，跟韓國朋友談談，在臺灣所吃韓國火鍋，跟在韓國吃法也有所差異，而且味道也不十分一樣，是否烹調手藝欠佳，或是配料有差，那就不得而知了。今年臺灣餐館花樣翻新，又有所謂一人份火鍋問世，我想，吃火鍋總要有三五位談得來的朋友圍爐飲啖，才覺得調暢醰醰，如果是一人獨酌，未免情懷歷落，寡酒難飲，您說對不？如果個人習性喜歡獨酌的，那又另當別論了。

蜚聲國際的蝴蝶魚、美味的新疆手抓飯

駐羅馬教廷大使陳之邁先生，在拙作《中國吃》裡，發現他的先世蘭甫公曾受聘在廣州將軍衙門壺園，給先伯祖文貞公講授經史詩文，梁節厂、文芸閣、于式枚都是當時從遊之士。有一年他從羅馬回國述職，折柬相邀，註明賓主盡歡，不約他客。傾談之餘，他固健啖，我亦饞人，酒酣耳熱，侍者端一盤色香味皆佳的蝴蝶魚來，他說這是謝次彭（壽康）先生任職教廷大使時，宴客的一道名菜蝴蝶魚，問我知不知道它的出處，我當時一愣，知道他是在考我，只好把我所知蝴蝶魚出處說出來。那是江西贛州一道名菜，謝先生世居嶺南，何以庖人會做出一道江西菜來？江西的炒豆豉雞丁、百澆魚、三杯雞、粉蒸肉固然都是下飯的美肴，可是在全國各地想找一家純粹江西口味為號召的飯館，還不太容易。贛州菜在江西省來說，比南昌、九江都來得考究，因為在海禁解除之前，由中原到廣州這一條國際貿易路線，贛州是輻輳必經的主要中途站，所以一切飯饌要比省內別的縣分來得精緻細膩。蝴蝶魚是贛州華萼巷劉良佐小廚房一道私房菜，謝大使原籍贛州，他的庖人自然會做這道名菜蝴蝶魚了。這一席話陳大使知道我可算是一個標準饞人，他請一位名金石家黃松茂刻了一方「饞人」的印章送給我，想不到過了不到一年，傳來噩耗，他龍光遽奄，駕返道山，睹物思人，印在人亡，輒增黃壚之痛。本來我送人的拙作，都蓋上「饞人」那方印章，自他故後，我已把這方印章珍藏，不再隨便蓋用了。

故友軍法局副局長戴少崙（**原名戴佛**）胖得像一尊彌勒佛，拳頭握起來胖得像一個大肉包子。當年我們在漢口武漢綏靖主任公署共事的時候，別人寫稿用的是十行稿紙，他因為手指粗肥，筆勢轉折不靈，寫出字來大如核桃，所以他用六行稿紙，其胖可知。他不但健談，而且好啖，一直嚮往新疆的手抓飯，總想嘗嘗是什麼滋味。

堯樂博士來臺之後，有一年，有人送了他一包阿克蘇大米，這種米的米粒，煮出飯來比臺灣的蓬萊米大兩三倍，晶瑩燦爛，粒粒珍珠，新疆人誇稱是全國第一特大號的清水米，拿來做手抓飯，堪稱最高級的享受了。手抓飯用的作料很簡單，胡蘿蔔、洋蔥、羊肉（**切丁**）、白胡椒、紅辣椒，臺灣樣樣都有，只是胡蘿蔔、洋蔥要用胡麻油熓鍋，然後羊肉丁加鹽水、胡椒、辣椒，放在飯鍋裡一塊爛熟了，才是正統的手抓飯。可是當年初到臺灣，胡麻油不知什麼地方去買，後來他有一位隨從副官，不知道從什麼地方弄來了兩瓶胡麻油，堯樂博士一高興，請了幾位懂得吃手抓飯的朋友，在植物園荷花池旁的花架子下，吃一餐道地的新疆手抓飯。我接到請帖，就代約了少崙兄這位不速之客，好在吃手抓飯，不備匙箸碗碟，大家淨過手後，不拘席次，逕自圍鍋而坐，少崙兄久慕紫塞名餐，雖然成為不速之客，因為他出語雋永，立刻成為大家所極歡迎的賓客。淨過手，大家用熟練的手法把羊肉丁和滾燙的米飯捏成糰子，然後往嘴裡送，個個都吃得津津有味。少崙當然入座隨俗，照樣辦理，兩手肥笨，吃得滿嘴滿身都是米粒、肉屑。事後我問他滋味如何，他說手抓飯雖然腴香味美，可是左手心被燙得紅腫了好幾天，可以說有苦有樂。後來他跟幾位新疆朋友處得很好，大家都叫他「胖手老戴」，這個綽號就是從吃手抓飯得來的雅號。

海外餘香

在美國加州 Humboldt 海灣，魚產是很出名的，無論中西各地觀光客，只要到 Eureka 紅木區遊覽，總要到遠近馳名的海鮮店 Lazio's 嘗嘗隨時撈上岸的各種時鮮。如果過門而未大嚼一頓，就如同到北平沒吃全聚德掛爐烤鴨、到曼谷沒吃珍賓樓明爐乳豬一樣，過後老饕們談到盛食珍味，要後悔一輩子的！

我這饞人好啖是出了名的，既然到 Humboldt Bay 遊覽，哪能不去 Lazio's 一飽饞吻呢！小兒知道我對螃蟹有特嗜，量雖然沒有清道人李百蟹之雅，可是每年東籬菊綻，螃蟹膏滿螯肥的時候登盤薦餐，有多少吃多少餐。Lazio's 裙屐如雲，週末假日等上一個小時才能入座也時或有之，大眾慕名而來，都能耐心等待，很少有人轉去別家就餐的，足證他家的菜肴如何吸引遊客了。

可惜螃蟹此刻尚未上市，現在正是蠔肥蠣壯，鱒魚、干貝大市的時候，於是叫了奶湯鮮蠔、燻鱒魚、炸干貝。蠔湯用巨型海碗盛來，漿凝玉液，蠔大如拳，肉嫩膏腴，比澳洲生蠔尤為鮮美。燻鱒魚鱗細肉白，用紅木鋸末燻炙，比用蔗渣赤糖來燻，覺得更為親切可口。因為當年在北平吃紅櫃子賣的燻魚、燻雞子都是用鋸末子燻的，燻出來的吃食有一種清雋木香。海外就餐，突然有睽違三十年的木香襲來，姑不論鱒魚滋味如何，就是那股子柔香已經足夠讓人回味的了。鮮子貝在臺灣東港、梧棲等濱海地區也有生產，臺灣飯店多半是非炒即燴，他們炸的干貝外焦裡嫩，酥鬆腴美，倒是別有一番風味，拿來下酒，比龍蝦片、牛肉乾高明多了。

來到美國不去狄斯奈樂園隨喜一番，未免覺得是樁遺憾，所以在八月七號，匀出一整天時間逛了一次狄斯奈樂園。園外汽車旅館、大小飲食店林林總總，把狄斯奈樂園給包圍起來，由於這些店鋪彼此互別苗頭，只求價廉，質料美不美，服務周到不周到就談不上了。我住的 Park Vun Motel 還是前一星期託熟識的一家旅行社打長途電話預定的，在狄斯奈樂園附近找旅館十分困難，這家旅館浴室裡澡盆、臉盆一直漏水，如不一直放水，頃刻漏光，入浴時也就無法顧到節約能源了。洛杉磯恆溫在華氏八十幾度，因無茶水咖啡供應，只好拿著小冰筒到樓下售賣冰塊機去買些冰塊來當飲料。誰知落照尚未沉山，已經無冰塊供應。

這裡食宿均不理想，對於狄斯奈樂園的營業，自然有莫大影響。園方本想把這些旅館、飯店用高價買下來，自己以關係企業的精神來改善經營，無奈那些地主老闆愣是看準這塊肥肉，不肯鬆嘴，氣得狄斯奈樂園財團另外在佛羅里達州買了一塊數倍於現址的地，蓋了一個狄斯奈世界，飲食、住宿、遊樂全由園方獨自經營，讓遊客有賓至如歸之樂，不致事事受制於人啊！

在旅館對門有一家雙龍餐廳，金芒照野的霓虹燈有「中華料理」四個大字，耀爛炫目，加上金釘朱戶，平臺丹階，頗有點中國大餐館的氣派，一連吃了多日洋餐，換換胃口吃頓中國飯總是好的。門前有一位男領班，倒是說得一口標準國語，自稱來自臺灣，他也承認名為中華料理，實際是美式中餐。我們既然知道大概情形，犯不上點菜做洋盤，我想每人要一客炒飯，總不會太離譜兒，多日未吃飯，於是我叫了一客蝦仁蛋炒飯。飯用高腳充銀盤盛著，而且還有一隻銀蓋，蓋得是嚴絲合縫，掀開蓋子來看，好像剛打開包的荷葉飯，用醬油燜出來的，倒是毫不油膩。扒拉半天也找不出一點雞蛋殘骸，疏疏朗朗有幾粒蝦仁，還附帶有幾根掐菜，炒飯裡配掐菜，真是開了洋葷，誠所謂狗安犄角——羊式了。等帳單開來一看，我的這份蝦仁蛋炒飯六元五角美金，按三十八比一官價折合，這盤炒飯售價二百元臺幣左右。故友陳國淦知道我曾經有一連吃七十二頓蛋炒飯紀錄，封我為雞蛋炒飯大王，可是炒飯加掐菜，一盤炒飯二百多塊臺幣，在我所吃過的蛋炒飯中，算是最高價錢的了。

清醥肥羜憶蘭州

中國以農立國，南方用水牛耕田，北方用黃牛犁地，所以無論南北，除了少數省分外，大都不吃牛肉。家規嚴謹的人家，甚至不准牛肉進門，因為耕牛辛辛苦苦給我們忙了一輩子，到頭來，列鼎而食意良不忍，因此禁吃牛肉。臺灣光復之初，一般人家多數也是不吃牛肉的，牛肉只有洋伙食房才有得賣，想吃碗牛肉麵只有光顧桃源街幾家麵館了。當時牛源來路不暢，肉則時好時壞，那幾家麵館也沒有一定標準，食客們也只好但求一飽饞吻，什麼黃牛、水牛，不管三七二十一，有得吃就算啦。

我的朋友中，有一位特別喜歡吃牛肉麵的告訴我說：「臺北龍山寺圓環附近，有一家專門賣牛肉麵的攤子，世代相傳，已有百年歷史，湯清肉嫩，不加味精，始終保持原湯原味，允推臺北市牛肉麵中上選。」筆者有一天特地前往尋訪，可惜圓環附近這類吃食攤星棋羅列，不知究竟誰是百年老攤，由於無法遍嘗，只好頹然而返，等找到識途老馬再去品嘗。

臺北市的牛肉麵，經過好幾位知味者品嘗，一致認為萬歲餐室的牛肉麵不錯。照臺灣一般水準來說，他們幾位的品鑑當然頗為允當，可是您要是吃過甘肅蘭州馬保子牛肉麵，一比較就分出等次了。

民國二十一年，政府正準備開拓西北，財政部特派稅務署長謝祺先到西北去考察財稅以制定規畫。他的機要是廣東人，對西北各省風土人物固然茫無所知，憚於長途風霜跋涉，又嫌牛羊肉腥羶，所以這個隨行記室就落到我身上了。西北之行，到了蘭州少不得先要拜訪綏靖主任朱一民將軍跟谷正倫主席禮貌一番。省政府就是當年左文襄經略西北、駐節蘭州的藩台衙門，後面有座花園叫「節園」，水榭紅廊，綠柳交融，雅有庭園之盛。船廳之中有不少名人題詠對聯，都用樫木雕刻起來，懸掛四壁，以資保存。民國以後，甘肅省政府就把府後節園作為延賓招待處所了，我們因為宋子文部長的介紹，朱、谷兩位特別關照，讓我們下榻節園，因此得以盡情瀏覽壁上詩詞字畫，無意中發現先祖文貞公調任寧夏將軍留宿節園時，跟當時巡撫唱和的兩首律詩和一副七言對聯。第二天朱將軍得知我是文貞公之孫，愣說我們彼此有年誼、世誼，可又說不出誼所從來，他既不說，我也就不便深問了。晚間他請我們吃全羊席，是特地邀請蘭州第一把割烹高手胡貫一主廚做的。我吃過鱔魚席、全蛇大會，全羊席可以說是第一次開洋葷。所謂全羊席，是用一隻大肥羊從頭到尾做出幾十道菜來，什麼燴頭皮、清蒸羊腦、溜口條、燉羊眼、煨羊尾、紅燒羊蹄，每一道菜的做法都有其特別之處，口味各異，加上蘭州馳名的美酒五加皮，自然不覺其絮煩乏味了。我雖以好啖出名，可是食量不宏，每道菜吃一箸子，已經是醺觴盡醉了。謝公久居嶺南，從未吃過如此博碩肥腯不羶的羊肉，一上來就覺得菜式味清而雋，放量大啖，菜剛五味，他已經眼饞肚脹不敢下箸了。後來回到上海，他跟人說這一次全羊席是他畢生所吃最美的一頓羊肉。

我們去西北考察，在上海出發之前，就聽說蘭州有一家天下聞名的牛肉麵館，叫「馬保子」，這家小麵館就開在省府廣場左首，走幾步就到，當時民政廳廳長水梓、外交特派員黃朝琴都不時光顧。既到蘭州，當然要去嘗嘗，又有水、黃兩位嚮導，招呼得自然特別殷勤周到。馬保子是一座沒有招牌、不掛門匾的磚砌的小樓，樓上待客，擺了幾張小八仙桌、幾把矮條凳，牆上倒是掛了不少名人寫的對聯條幅。此外除了碗筷、油瓶、醋罐之外，空無所有。這家小店世代相傳，已有百年以上歷史，所以樓梯扶手、方桌板凳都磨得蹭光瓦亮，樓下廚房倒是收拾得挺乾淨，灶台旁邊有一張長條案，上面放著一團一團有鴨蛋大小揉好的麵劑子，放在一邊兒醒著，讓水麵慢慢交融。麵醒透了，抻起來圓轉自如，吃到嘴裡才有勁道。他家的抻麵共分六種，中常的叫「把兒條」，當地人最歡迎；最細的叫「一窩絲」，又叫「多搭一扣」，是老頭兒、小孩兒的專用品；薄而扁的叫「韭菜扁兒」；比把兒條再粗一點兒的叫「簾子棍兒」；還有「大寬」、「中寬」，那就近乎麵片兒了。客人喜歡吃哪一種現叫現抻，又快又麻利。廚房裡下麵的大鐵鍋水總是清澄翻滾的，十幾碗麵同時下鍋，或粗或細，有圓有扁，雖然花色繁多，可是有條不紊，大師傅不像臺灣下麵，用一隻竹編笊籬連挑帶撈，他只用一雙長點兒的筷子，一撈一碗，不多不少，份量、火候全都恰到好處。最妙的是任憑麵條在鍋裡千翻萬滾，但總不混雜，各自為政，從來沒有人能在自己碗裡挑出兩樣麵條來的。據說這套功夫一要抻得勻，二要甩得快，三要撈得準，這三部曲看來簡單，可是想學會這份手藝，手底下俐落的也要學上三年才能勝任愉快呢，人家是父傳子的生意，還不收外姓徒弟呢！

蘭州的牛羊肉，因為風高草勁，肉嫩而肥，並且毫無羶氣。馬保子選肉嚴格，只用上品腿肉，肥瘦分開，全都切成骨牌塊大小，頭一天用小火燉上一整夜，絕不中途加水，更不放芹菜、豆芽、味精之類調味品，所以清醥肥狩，自成馨逸，湯沉若金，一清到底。大約從天矇矇亮下板營業，到了十一點一大鍋牛肉湯賣完，就上板收市，請各位明日早光啊！水梓兄是本鄉本土人，對馬保子知道得最清楚，他家做生意眼光看得遠，準備工作認真仔細，吃苦耐勞敬業不懈，拿他這種精神持之以恆，做什麼生意也不會失敗的。水兄這幾句至理名言，我一直牢牢謹記，不敢或忘。豈止做生意如此，做人處世又何獨不然？臺灣現在賣牛肉麵的大小麵館何止千百家，二三十年來此起彼仆，能夠屹立不墜的又有幾家？

暮雲遠樹，翹首四望，想起天茫茫、地茫茫、不見草木見牛羊的西北，舊情懷湧上心頭。我想旅人久羈，都偶然會有這種說不出的滋味，大概就是所謂思鄉病吧！

談談老山人參

筆者世籍吉林長白，族人以採參為業的很多，北平櫻桃斜街廊房二條的參茸莊，不是族人就是同姓不同宗的老鄉們開的。所謂老山人參，就是長白山特產，據說入山越深，因為地脈水源靈氣所鍾，人參越是足壯，藥效也就更為恢宏，所以野山參比高麗參價格高出若干倍。筆者兩登長白都是涼秋九月，霧重霜凝，重裘不暖，雖然登山，未敢深入。

北平有一家長榮參莊是百年以上字號老店，他家所賣各種參類都是自採、自運、自選、自製，不但貨真價實，顧客如果跟他說明病情，他們會不厭其詳仔細指點，買哪種參最為對症，絕不讓顧客多花冤枉錢，所以北平參莊林立，他家生意一直是執參茸行牛耳。家母老年畏寒，隆冬三九，時患喘嗽，長榮號掌櫃即指點買老山參鬚以代茶飲，他說：「在參行學生意，最要緊是『精選』跟『分類』，參有三六九等，要分得細、選得精才算參行中高手。一堆參頭參尾，或是毛鬚鬚的參鬚，如果是從老山人參上修剪下來的，雖然樣子不好看，可是藥效跟老山人參是同等的。」他總是勸家母不必買整隻人參，選點真正好參鬚，功效相同，價錢可就便宜多啦！

在吉林入山採參，好像是專業，如果外行人貿然入山採參，不是迷路，就是凍死，能夠空手而回已經算是不幸中之大幸了。入山採參一幫人總有十多位，吃食飲水固然準備齊全，防寒的衣履臥具更得一樣不缺，至於挖參所用各式用具，挖出參來的提盒，更是缺一不可。有時發現一枝參，據他們有經驗人一望而知，年份雖然夠老，可是氣脈尚不貫通，被甲發現之後，立刻插上自己特製標籤，銀托木牌，咬破中指滴上人血（用銀托木牌點血據說可以防止破了地脈，老參通靈免其移動），別的採參人看見，絕不會過來挖取。這種行規，無人敢犯，否則為眾共棄，不准入山採參，如果標籤三年以上未動，那就任憑別人挖取了。

當年鮑貴卿任黑龍江督軍時，有人送他一枝「參王」，用紅絲線綁在玻璃錦盒內，參長逾尺，已具人形，頭部三鬚聳立。內行人說頭毫一根，計齡百年，如此說來那枝參王最少也有三百年了。鮑貴卿把它以年禮獻給當時的總統，後來輾轉到了顏駿人（惠慶）手中，他就陳列在小書房一張琴桌上，玉髓凝脂，彷彿已含靈氣。中醫說：「好的野參可以益氣養元，病入膏肓的人，如果灌上幾匙濃濃參湯，真能延遲壽命若干小時；病人一咽氣，屍體很快轉涼僵硬，如果喝過參湯，屍身能夠溫暖很久。早年家中長輩病故，都由子孫代為沐浴更衣，在又悲痛、又駭怕情形之下，衣履穿著極為困難，若是臨危之前進過參湯，則穿著壽衣，就不致感覺鑿枘難納了。」早年的西醫對於人參的藥效採取保留或不信任態度，最近美國醫藥界權威已經有人著手試驗研究分析，究竟人參對於人體影響如何？雖然目前尚未獲得定論，可是有些藥學專家已經認定，服用人參後，人體內會發生某種抗力是毫無疑問的了。我想三五年之後，人參也必定能像甘草、大黃、麻黃一類中藥，被西醫大量採用，我們不妨拭目以待吧！

當年熱河北票煤礦有一個礦警中隊長叫李中權的被流彈擊中，穿胸而過，當時有一位雲南籍的礦警，掏出一塊黑黝黝的東西，咬下一半在嘴裡嚼爛，就敷在李的傷處，等把傷者送到醫院救治時，相隔不過二十幾小時，可是已經血止炎消，生命無礙。他曾經把那半塊藥給筆者看過，黑而且硬，有如乾了的五香茶乾，據說是產自雲南野人山烏參，是他父親入山樵獵，一個苗人送給他的。雲南白藥所以能夠止血生肌，就是摻有少量烏參在內，中國藥材真有若干極具醫藥價值，只是我們沒能發揚光大罷了。談到人參，所以也順便寫出來。

也談北平獨特小吃——奶酪

幾位老北平湊在一塊兒，談來談去就談到北平小吃上去了。有人說，酸豆汁就辣鹹菜，又酸又辣真過癮。有人說，羊油炒麻豆腐加豆嘴兒，沒嘗這個滋味蓋有年矣。有人說，焦熘各炸帶勾汁迸焦酥脆掛鹵更夠味。筆者獨獨懷念北平乳香馥郁的奶酪。

前幾天本報刊載了小民女士寫的一篇〈人間美味——酪〉，還附有喜樂先生畫的一幅奶酪挑子，看了之後，更是饞涎欲滴，思鄉更切。

酪在北平，是奶茶鋪獨家生意，在民國初年，城裡城外賣酪的奶茶鋪大約還有二十多家，到了七七事變，就剩下門框胡同的合順興、東安市場的豐盛公、西單牌樓的二合順、西華門的香蕎軒幾家資本雄厚的奶茶鋪，在那裡咬著牙苦苦掙扎了。豐盛公是宮裡一位首領太監出資開的，他的主顧以北城的王公府邸為主，不但品質精純，而且花樣繁多。奶酪分「水酪」、「乾酪」，顧名思義，乾酪奶的成分濃，水酪水的含量高。沿街叫賣以及戲園裡托盤兜售的多半是水酪，到大點兒的奶茶鋪去喝酪，大都是乾酪了。

另外還有果子酪，這種酪是把各式乾果撒在酪上，以門框胡同合順興最為齊全，他家果子酪有松子瓤、瓜子仁、白葡萄乾，翠縷紅絲，各式各樣乾果，有八樣之多，所以又叫八寶果子酪。果子酪看起來絊縭斒彩，吃起來反而覺得奪味滯口，所以雖然加了不少料材，可是價錢跟大碗乾酪是沒有差別的，只不過帶小孩去喝酪，用果子酪哄哄小孩而已，大人們是很少叫果子酪來喝的。

豐盛公除了奶酪外，還有奶餑餑、奶捲、奶烏他等各種奶類製品。奶餑餑都是芝麻白糖餡，先用奶皮子把餡兒包起來，用寸寸見方福壽或各式花紋的木頭模子刻好冷凍起來。奶捲的製作更是細巧玲瓏啦，有山楂糕餡或芝麻白糖餡，還有的一邊捲芝麻白糖一邊捲山楂糕，白華赤實，槳凝玉液，既好吃又好看，可稱奶類珍品，不過價錢稍貴。豐盛公的夥計，眼光都非常銳利，客人一進門，一看是肯花錢的吃客，才把奶餑餑、奶捲、奶烏他端上來。奶烏他一粒比圍棋子大一點，厚一點，嬌黃襯紫，柔紅映碧，顏色已經非常誘人，拈起一粒入口之後，用舌頭一壓，立刻化為一股湛露溶漿，香醹襲人，當年有一位西班牙公使夫人稱之為奶品中「細色異品」，頗為允當。奶茶鋪所賣的奶品小吃，當然都是滿洲遺留下來的小吃珍味，懂得吃的人越來越少，會做的人更是鳳毛麟角，漸近失傳。奶酪、奶捲的做法尚可以摸擬出個大概，奶烏他是怎樣做出來的，現在在臺灣的人固然沒人會做，就是大陸一些有這項手藝的老師傅，活著的恐怕也寥寥無幾了。

來到臺灣，雖然也吃過幾次酪，誠如小民女士所說：「也只是很像而已。」前兩年梁實秋先生從美國帶回來幾盒 **Junket** 凝固劑，我們試製了若干次，遇上牛奶成分有問題，就凝固不起來，縱或凝固奶酪，但又缺少噀人的酒香。最近有人在東部經營綜合農場，從美、澳引進優良奶牛品種，現已接近成功階段，並且準備出產絕不摻水的純牛乳，專供製造高級奶類製品之用。等他農場的純牛乳大量生產應市，我想一定能夠研究成功，到那時候想喝奶酪的朋友們就可以如願以償，大飽口福啦！

酸溜溜的醋話

北方人吃餃子，必定要蘸醋吃，油鹽店賣的醋，名為「高醋」，實際並不高明。筆者幼年在江蘇鎮江吃肴肉，覺得鎮江醋酸而且鮮，比起北平淡而無味的高醋，實在強多啦。早年招商局有一條專跑北洋客貨兩運的新銘輪，每年總要託他們帶幾打鎮江醋來吃餃子。

民國十六年孔庸之先生任職財政部部長，他到北平視察銀行業務，山西大德通票號東家任相杓請他在櫃上吃飯。大德通櫃上的大師傅是山西票號中數一數二的烹調高手，能做六十幾種麵食，而任老在山西幫裡是美食專家，日常用的醋、醬、酒都特別考究，所以庸之先生帶了我同去開眼。

大約初秋時節，大家都穿的是軟夾袍，喝茶寬衣，等到入座時，每人都是高背椅，自己的衣服已由小徒弟們摺得整整齊齊搭在椅子背上，大家認衣入座，免去了你推我讓的麻煩。每人面前除了匙、箸、菜碟之外，另外有一副蓮座小蓮蓬盅，一盅是醬，一盅是醋，金漿芳酎。從他們在席上談論，晉省人士對於醋醬是特別重視的，從人家裡有多少年份的醬有幾缸、醋有幾罎，就能估計出人的家業如何了。

山西的土層特別深厚，而且鹼性太重，要挖下幾十丈深，才能有泉水出來（**當年閻百川先生創設太原造紙廠，所出紙張潔白程度不夠，就是水質的關係**），因為鹼質關係，需要醋來中和體內鹼分，也就是山西同胞嗜食酸醋的緣故。

照民間一般習俗來說，媳婦娶進門，第一件事就是釀醋，用高粱、小米、麥芽糖作原料來發酵。山西省雖然家家都會釀醋，可是以祁縣釀出來的醋最為濃郁芳烈，她們把蒸熟的麥麩子平鋪在籮筐裡灑上涼水，放在熱炕上讓它發酵，等生了一層綠黴，拌上熟的高粱米放入罎子裡，每天不斷的攪拌，次數越多越勻越好，直到醋完全釀成，然後釀醋汁從罎子底下洞口慢慢讓它滴下來，放在陶製釉甕裡，任憑曝晒寒凍，愈陳愈好，豪富人家存有百年以上的高醋，並不算稀罕事呢！

先師閻蔭桐夫子是山西祁縣望族，他府上釀出來的醋，當然自成珍味，據告一缸高醋，最低限度也要經過三冬三夏的曝晒冰凍，把醋裡的水分，經過風吹日晒、凜冽霜雪全部蒸發掉了，此後不管冷到零下多少度，缸裡也不會結冰，因為剩下的只是純粹酸醋了。我們當天在大德通，每人面前放的醋，據說就是百年以上陳醋，早經凝成醋膏，若不是兌過水把酸度沖淡，陳年醋膏入口，非把滿嘴牙齒酸掉不可。主人拿出這種陳年老醋待客，是至高無上敬意，比任何名貴酒席都來得尊貴隆重呢！我們託庸之先生的福，否則這種珍品是不容易嘗得到的呢！

自從品嘗過山西省的高醋後，除了鎮江米醋，吃螃蟹時蘸著吃外（山西醋酸度過高，容易奪去螃蟹味，所以吃螃蟹不能用山西醋），其餘的醋吃起來似乎都不太對味兒了。初來臺灣的時候，臺灣僅有化學醋，也就是日本人所謂之「酢」，不是酸而不鮮，就是帶有辣醬油味道。最近雖然有所謂山西醋、鎮江醋、浙醋、獨流醋等之醋色問世，遍嘗之後都是似是而非的味道。近幾年餃子館在臺灣大為流行，吃餃子當然要蘸醋，大家不約而同，全是化學醋兌涼水，再好的餃子也糟蹋啦！臺北市大概只有信義路鼎泰豐用的是米醋，而他賣的是小籠包餃，還不是水餃。我曾經把這個問題請教了幾位美食專家，他們也都說不出所以然來，您說怪不？

北方人逢到臘八，總要泡點臘八醋，到除夕開罈蘸餃子吃，來應應年景，可是好醋難求，後來被我發現臺北新莊有一種五印醋，是用什麼原料製造的，雖然不得而知，可是色澤香味尚不失其正（不過冒牌甚多，如買到假的，跟辣醬油味道一樣），拿來泡臘八醋，可以慰情，聊勝於無。當年在大陸的習俗，是泡臘八醋那天，一定要選在臘月初八泡，說是臘八泡的蒜才會發綠，可是臺灣大概是氣候以及空氣中濕度關係，不管哪天泡，蒜是越泡越黑，絕無變綠可能。臺灣生產的大蒜，九、十月是旺季，到了農曆臘月蒜就漸次發芽，不能用了，不如早點泡起來，雖然沒有臘八蒜可吃，過年有臘八醋蘸餃子吃，不是也可以小慰鄉情，增加點春節氣氛了嗎？

滿漢全席

民國六十七年，日本有家電視台為了攝製一部中國烹飪影片，在香港「國賓酒樓」訂了一桌滿漢全席，這桌盛筵，分成兩日四宴，四宴各有名堂，計為「玉堂宴」、「龍門宴」、「金花宴」、「鹿鳴宴」。一共吃了四十八小時，全部費用港幣十萬元（**折合美金兩萬元**）。香港報紙刊載：據參觀過的人形容餐廳布置，雲母螺鈿酸枝台椅，堆金砌玉，樽彝罍卣，官哥定汝，樹石盆栽，宮薰爐鼎之外，環壁彩仗，紫絲紛錯，各綴時卉鮮葩。盛筵宏開，八音競奏，雅樂迎賓，並由長袍馬褂堂侍高唱芳銜，依序在芬芳漚郁、水泛柔香、犀玉鏤金的水盤中淨手，然後肅客入座。每進一簋，也由堂侍報出菜名，並詮釋內容。席上所用象箸玉杯，一律仿古縝花，動員了所有港九名廚，配置成七十道名菜，為了到各地採購搜求稀有的材料，就費了三個多月時間，這一席上食珍味，可以說是近世紀來一項破天荒的壯舉了。

依據吳相湘教授說：「故宮珍藏的清朝膳食檔冊，自乾隆以後，大都完全。每天進膳時刻、膳品名目、治膳廚役姓名、臨時加傳膳品名目、用膳剩餘分賞何人均詳列檔冊，至於魚翅、海參高級海味，在乾隆時朝還都未曾列入天廚膳單呢！」筆者雖沒有見過清朝膳食檔冊，可是從清代名臣札記書簡裡，每每有太和殿賜筵的記載，例如賽尚阿《雲笈七錄》裡，有一段形容國宴的盛況，他說：「飾則鋪錦列繡，劍戟粲目；食則膳饈酒醴，甜醹紛投。清磬搖穹，鈞天樂奏，揚我天威，懷柔遠人。」翁相國《松禪日記》裡也談到，要逢到鄰邦屬國進貢來朝、平亂獻俘表揚戰功兩項國家大事，才會很隆重舉行一次滿漢全席盛大國宴，旨在揚威懷遠，讓他們看看巍巍上國，物阜民豐，無美不備。說句俗話就是擺個譜兒，給他們瞧瞧，若是只知窮奢極慾，在飲饌上下工夫，豈不有失泱泱大國的風範了嗎？

香港國賓酒樓，把滿漢全席命名為「玉堂宴」、「龍門宴」、「金花宴」、「鹿鳴宴」，全是科考傳捷的吉祥話兒（狀元及第賜宴名「榮恩宴」），跟滿漢全席的國宴根本扯不上關係，這些名堂，當屬杜撰無疑。至於香港國宴滿漢全席菜譜，菜式名稱（恕不一一列舉）既像念喜歌，又像祝壽詞，如果這些似通非通的菜名是光祿寺所擬，光祿寺正卿不被充軍十萬里才怪呢！廣九酒家素來喜歡把菜式起些不倫不類的怪名稱，當然又是酒家一種引人注意的手法。這桌菜據說是由當年兩廣水師提督李準家的廚師主廚，另外還請了嶺南燒臘名家趙不爭師傅當顧問，一共動用了名廚一百多人。據參加這席盛筵的日本名作家小林西屋酒足飯飽後表示，這一席是他畢生所吃最華貴精博的一餐，只是廣東味重了一點。事後香港朋友把當時布置餐具、菜式、侍者服裝的照片寄給我看，可稱得上是奇矞華縟，無奈缺少了雍穆沖和的靈氣。小林西屋的考評，雖不一定是知味之言，但是以古證今，可以思過半矣。

我們希望，將來招徠觀光客的滿漢全席，要在求真求實上下點兒工夫，如果菜式非驢非馬，愣說是上食珍味，侍者頭戴五顏六色的瓜皮小帽，身穿棗紅坎肩，愣說是宮廷打扮，縱或能吸收些外匯，讓人家把我們看成徒嗜口腹之慾的東方古國，那就划不來了。

春節幾樣待客的菜點

去年春節前，有朋友讓我把吃春酒的菜單開一份出來看看。春節款客留賓，自然要準備幾樣像樣的菜點，也就是所謂「年菜」，不過南北口味不同，東西習俗各異，要開出一份攸往咸宜、眾口同調的年菜菜單，倒也煞費周章呢！舍下雖然世居北平，可是自從先曾祖宦遊南北，家常飲饌早已食兼南北，味具東西了。

依照北方習俗，除夕守歲，一交子正，就要放一掛長鞭，上供接神，迎恭迓福了。據說這時候諸神下界，考察人間善惡，所以接神上供所用的餃子都是淨素餡兒，表示不隨便屠殺生靈，是一心向善人家，若干年來元旦那天，舍間都是遵循舊例茹素永日。我想春節期間，家家都是酒食饋歲、蒸雞捭豚、膏腴盈前的，雖非素食邀福，能讓五臟廟清靜清靜也是好的。可是往來賀新春、拜新年的親戚朋友，照北方規矩，五天之內親朋拜年都留人家吃餃子，雖然不必大魚大肉，可是總要準備一些點心跟下酒菜，以免留飯時措手不及。

就舍下情形來說，先談談點心。「棗糕」是舍下最出色的一道甜點，把紅棗拓成棗泥，和入雞蛋、糯米粉、豬油、核桃蒸出來的，柔紅散馥，其味香糯。先慈在世時最喜愛吃家人自製的這種棗糕，所以歲末奉祀總有棗糕供奉。賈煜老（景德）生前說，這種棗糕，是晉省高級點心，是否別省所無，就不得而知了。

「蘿蔔糕」，舍間所做蘿蔔糕，雖然僅和入香腸、臘肉、蝦米、香菜，可是選料精純，軟硬適度，就連真正廣州大鄉里，也覺得是純正羊城風味。嘗遍臺北各大酒樓粵式飲茶的蘿蔔糕，確實不及舍間所製精美。

「乾菠菜包子」，每年春季菠菜大市時候，用滾水把菠菜燙過晒乾，等吃的時候，用肉湯發開剁碎和入肉末，加入鹽薑蔥酒做餡兒，蒸包子吃，芳而不濡，腴而不膩，的確是點心中雋品。

「茶葉蛋」，雖然是一種極普通吃食，可是要煮得入味，也有其門道的，雖然連殼煮熟，蛋殼要敲得裂而且勻，放入紅茶、食鹽、八角同煮，茶葉要用未泡過的新茶，煮時水要漫過雞蛋，也不必加什麼豬骨頭、花椒等調味，不過吃一次要煮一次，則蛋白、蛋黃可以永遠保持鮮嫩。

有了這四樣甜、鹹點心，我想足可以留賓款客了，接下來再談談幾樣吃餃子下酒的年菜吧！

北平人過年一定少不了的一樣菜叫「炒鹹什」，南方人叫「十香菜」。菜名十香，當然要有十種不同的乾鮮蔬菜了，其實有些人家炒的十香菜還不止十樣呢！先把胡蘿蔔切絲炒半熟，再炒黃豆芽，然後把豆腐干、千張、金針、木耳、冬筍、冬菇、醬薑、醃芥菜一律切成細絲下鍋炒熟，放入胡蘿蔔絲、黃豆芽，加醬油、鹽、糖、酒等調味料同炒起鍋。南方炒法也有加榨菜、芹菜的，那就超過十樣了。炒十香菜的訣竅是各種乾鮮蔬菜，絲要切得細，長短力求一致，不但美觀而且容易炒得透，醬油要醬色淡的，油要用得適當，不可過多，如嫌水分不足，可以把泡冬菇的湯加入，既能柔潤，又可提鮮。

「酥魚」是道地北方酒菜，吃餃子也很相宜。鯽魚要活的，以一斤四、五條最標準，把鯽魚內臟取出收拾乾淨後，放在大海碗裡，用黃酒、醬油、米醋、白糖拌匀，泡四十分鐘，調味汁水以能漫過魚身高度為宜，可免上下翻動，將魚弄爛，有損美觀。等油燒滾，將魚下鍋煎透，將魚起鍋，放在另外鍋裡，一層大蔥，一層鯽魚，蔥不厭多，每層再酌放薑絲去腥，然後把泡魚的調味料全部倒入鯽魚鍋裡，以能蓋過全部魚高度為佳。蓋上鍋蓋，放在文火上煨爛一小時半，淋下香油起鍋上桌（**不可用豬油**），此時蔥溶魚酥，儘管放心大嚼，不必擔心魚刺卡喉。酥魚涼吃更好，做好放在冰箱裡隨時取用，可免臨時割烹的麻煩。

「松花炒肉丁」，這是舍間常吃的一個菜，在別家似乎還沒吃過。皮蛋跟肉都切丁，先用調味料炒肉丁，然後把皮蛋放入同炒，趁熱夾馬蹄燒餅吃，別有一番風味，吃飯下酒，也很相宜。

「燒素雞」，據說最早是徽州人新年必備的一道清爽適口的素菜，材料以豆腐皮做的素雞跟腐竹為主，配以冬菇、冬筍、白果、紅棗為輔，因為過年，加入少許髮菜，加調味料同燒，不但眾香清妙，而且色澤宜人。髮菜與發財諧音，新春連日牛唇彘首、魚肉滿前，吃到討好口彩的珍美浥浥的山蔌，似乎特別開胃爽口吧！

「山雞炒醬瓜」，熱河有一句諺語：「捧打獐子罩撈魚，野雞飛在飯鍋裡。」意思說熱河有太多的野生動物，成群結隊的山雞會自動飛到爐台上受烹。在東北吃這一類山珍似乎很普遍，所以每年春節之前，總有東北朋友送我們山雞，點綴年意，因為每年都有山雞吃，山雞炒醬瓜也就變成舍下每年必備的一道菜了。後來偽滿成立，山海關交通受阻，有人發現北平西郊八寶山雉雞，雞隻鱅腴嫩，不輸關外所產，過年又有八寶山的山雞吃，一直到盧溝橋事變，舍下春節總有這種野味供饌呢！

「蝦米醬」是喜歡口味重的一道下酒菜。蝦米一定要選泛黃而發紅的，蝦皮要褪得乾乾淨淨，把蝦米先用溫水洗一下，瘦肉、冬筍切丁，瘦肉丁用薑、蔥、料酒爆香，再用上黃醬加入蝦米同炒。這道小菜最忌摻入豆腐干、花生米同炒，也不可以摻上甜麵醬，如果再放辣椒，那就是南方的八寶辣醬，而非蝦米醬啦。

北平習俗從正月初一到燈節，家家都是大魚大肉，如果留客人便飯，十之八九是包餃子吃，有四樣點心、五樣小菜，大概也就夠也。如果有南方朋友，不習慣吃麵食，再準備一隻暖鍋，雖然不是金齏玉膾，但是相對飲啖，也可以賓主盡歡！

《巴駱和》憶往

筆者最愛到台視看平劇錄影，第一，時間經濟，沒有前場墊戲；第二、角色硬整，集軍中劇團之精英，紅花綠葉各盡其妙。前幾天台視有李環春、楊蓮英的《巴駱和》錄影，特地前往觀賞，在開錄之前，跟幾位老戲迷談到早年幾齣精彩的《巴駱和》，現在寫出來聊博大家一粲。

前清貝勒載濤，對於平劇是頗有研究的，不但會聽，而且能演，登臺爨演武功把子，頗有獨到之處。他記得：「有一年清室近支王公在北平什剎海會賢堂給大公主祝壽，大公主點了一齣《酸棗嶺》（《刺巴傑》、《巴駱和》）。當時同慶班的占行貫紫林、王成班的田際雲演馬金定都很拿手。同慶武生有瑞德寶，武丑有張四虎，武淨有許德義、范福泰；王成武生有李吉瑞，武丑有鄭鐵棍，武淨有李連仲、何佩亭，可以說雙方都是人才濟濟，旗鼓相當。這種堂會戲不但可以多掙戲份，碰巧還有外賞，又有面子，於是貫、田兩人都向戲提調請求准予登臺效力，把這個戲碼給他唱。戲提調在左右為難之下，想出一個辦法，把這齣《巴駱和》改為雙演，前後場駱宏勳由瑞德寶上，中場歸李吉瑞。李雖然只上一場，為了較勁，他把『坐至在招商店』一段二黃散板卯足了勁增為八句，比他拿手的《獨木關》唱來還要精彩。貫紫林前場『馬金定搜店』一場，跟胡理搕纏閃靠，打得是嚴絲合縫，兩人鬥嘴，蓋口更是無懈可擊，加上張四虎擠鼻子弄眼兒，肥幫子亂哆嗦，完全是跟田際雲、鄭鐵棍別苗頭；後場『靈堂』，說白清脆嘹亮，臨時撒潑抓哏堪稱一絕，加上鄭鐵棍的躡蹀騰躍、五官異位、眉眼亂顫的絕技，大公主一高興賞了八塊打簧金表，讓他們去分。當時許德義飾鮑自安，剛出道不久，他們有時提起這段往事，還眉飛色舞，興奮得不得了呢！」

北洋時期河南鞏縣兵工廠廠長蔣梓舒給他母親太夫人做八十正壽，在織雲公所唱堂會，戲提調是政界有名的甘草夜壺張三，楊、余跟四大名旦固然網羅無遺，就連坤角雪豔琴、碧雲霞、琴雪芳、金少梅也一個不少。夜壺張三前場給安排一齣《雙刺巴傑》，由閻嵐秋、朱桂芳分飾前後馬金定。哪知當時程硯秋跟榮蝶仙還沒完全脫離關係，「請吃知」（**早年辦喜慶事，弟兄凡是有職務的，都要請大家好好**

吃一餐叫請吃知）程硯秋是由師傅榮蝶仙代表參加的，席間他知道有一齣閻、朱兩人的《巴駱和》，他當面向夜壺張三請求他也加入演馬金定，這下可把夜壺張三難住了，當場唯唯諾諾沒成定局。

因為這齣戲，戲碼不大，無法容納三個巴九奶奶，可是又不願意得罪他，免得在硯秋身上殺氣出孤丁，萬般無奈還是警界聞人吉世安、延少白兩位腦筋動得快，直接跟榮說，本家指明閻、朱這齣《巴駱和》，馬金定要上蹻唱，您向來是以刀馬旦應工，從未踩過寸子，又何必蹚這檔子渾水呢！為了給他圓這場面子，特地給他安排了一齣《東昌府》的郝素玉，尚和王配關小西，侯喜瑞配金大力，侯、榮二人向來是開玩笑慣了的，兩人在臺上撕擄得鬢歪帽斜，大家為了一齣半真半假的摔跤，非常好玩。過了兩天，張醉丐在《實報》上連損帶挖苦說，年頭改良，馬金定從大腳老婆，怎麼變成三寸金蓮了，後來經景孤血跟他說明是抵制榮蝶仙這段原委，他才恍然大悟，巴九奶奶上蹻，恐怕也成為空前絕後的戲了。

抗戰之前，有一年歲暮，上海名畫家張書旂、鄭午昌兩位聯袂到北平來，打算在新年逛廠甸，尋摸幾件冷門字畫。筆者請他們在厚德福便飯，張、鄭跟尚小雲很熟，於是約了小雲、富霞昆仲陪客，當晚小雲在中和唱封箱戲，是《雙官誥》、

《巴駱和》。飯後大家信步西行，經過廊房頭條一家便鞋店美麗華，小雲在店裡訂做了一雙白緞子尖口繡花皮底便鞋，原本是準備飾巴九奶奶穿的，當然順便取回，免得跟包再跑一趟。我當時還告訴櫃上夥計新鞋底滑，用刀子在鞋底劃幾下免得上臺打滑。等入座聽戲，中和園翻造後臺面很低，我們一行都坐在第一排，稍偏下場門那邊，因為那天是封箱戲，小雲也特別卯上，「搜店」前一場走邊，飛天十響拍完，最後一個飛腳，哪知勢子太猛，新鞋底滑，一個收不住，整個人掉下臺來。正好摔在我跟鄭午昌座位之間，我倆一使勁，居然把他又舉回臺上，就是這個地方，看出人家舞臺經驗老到啦！回到臺上臉不紅、氣不湧，跟飾胡理的傅小山連說帶比劃，居然像沒事人兒似的，把這齣戲給唱下來。第二天《立言報》記者吳宗祐來了一段「《刺巴傑》空中飛人」，雖然不算挖苦，可也夠受的，從此小雲再唱這齣戲，也換穿彩靴子，再也不敢穿皮底繡花鞋啦！

毛世來在快出科時跟葉盛章的《刺巴傑》可算一絕，兩人開打以快打快、點水不漏，在「搜店」時，九奶奶兩次擲刀都翻得高、地方準，胡理迎門三刀，不管世來頭多低，躲得多快，刀鋒裡都會挑下一兩朵鬢花來。有一次躲得慢了點，下了妝一看，隔著大頭水鑽，居然鬢角還斫血印了。本來小師弟給大師哥配戲，就有點發忧，加上盛章刀出如風、毫不留情，更顯得巴九奶奶小可憐似的。毛世來背後跟人說：「臺下看著這齣戲合情合理，非常入戲，可是我每次總是揑著一把汗呢。」有一年盛章、世善、世來都在上海，福星麵粉廠孫經理給他老太太做七旬大壽，特煩盛章、世來兩人的《刺巴傑》，世來推說感冒發燒，改請世善也藉故推掉，後來換了宋德珠飾演巴九奶奶。下裝一看，宋德珠兩隻手都受了輕傷，他才了然富連成把子打得快，不是浪得虛名的。講武功固然比不了家學淵源的閻世善，就連毛五兒的以快打快，也不含糊呢！

這次台視國劇錄影《巴駱和》，楊蓮英的馬金定穿彩靴子，舞臺地毯又厚，當然空中飛人的好戲不會重演。好在劃票小姐寧願讓前三排空著，座位是從後座往前座劃，大概是怕刀槍無眼，怕坐得太前會磕著、碰著，讓顧客跟舞臺保持相當距離以策安全吧！

從福田煤礦災變想起的一段往事

好像煤礦一發生災變，或多或少總會傳出一些令人怵目驚心的事故來。這次福田煤礦瓦斯爆炸的大慘案，就傳說礦工陳海秋的老母每天燒香禮佛，在出事的前一天點燃的香突然中途熄滅。礦工陳正雄過年了就沒進坑工作過，偏偏頭一天上班，礦方就把他名牌摘掉，家人認為不吉，勸他不要去下坑，他沒理會，結果二陳都在這次災變中喪生，姑不論是否事出巧合，或是真有什麼先兆，想起筆者服務資源委員會北票煤礦一段往事，夢幻泡影，似假疑真，直到現在還猜不透是怎麼回事呢！

北票煤礦最初由英國人發現煤脈，醵資開採，因為含熱量高，可煉精鋼，日本人竊據東北後，又擴大經營，抗戰勝利之後雖遭俄軍擄奪破壞，資委會為了適應國防工業需要，在瀋陽設立阜新北票西安本溪湖四礦聯合辦事處，整頓復工，繼續生產。老礦工陳樹山是葉柏壽地方土著，在他十六七歲英國人進行開採的時候，就當了一名礦工，到了三十五年北票收歸國有，重新開工，他年已就暮，頹顏衰髮不堪擔任過份勞力工作，因為他素行勤懇可靠，於是管理部門調他到第一礦坑入口處管理元寶車工作。有一天，他忽然來到財務處讓我給他立刻算大帳，他要回老家葉柏壽去，他雖年逾花甲，不能重勞，可是推推元寶車子還是遊刃有餘的，又何必不到及齡退休就不幹了呢？問之再三，他才說出下面一段話來，他說：他住的第二工村，跟挖煤工盧有德是緊鄰，每天同工同回，感情如兄如弟。日本人統治時期，第九坑鑿孔安放炸藥，炸藥過猛，岩石落盤，盧有德一班七個弟兄，全部命喪坑底，出事之後，他每天早出晚歸形隻影單，獨覺得彆彆扭扭的，過了幾個月又搭上別的伙伴一塊下坑才漸漸淡忘。他管的元寶車子，照規矩都是礦工用完，一輛接一輛堆在坑口，每天由他推回調車場，一清早再推回坑口備用，可是最近發生了怪事，他早上到調車場，元寶車子已經整整齊齊排列在坑口軌道上了，他先以為有人跟他開玩笑，可是一連十多天，天天如此，他心裡有點懵懂了。有一晚睡夢中，看見盧有德向他走來，盧跟他說：「這些天元寶車從坑口推到調車場，你知道是誰幹的嗎？我現在告訴你，是我幹的，我離開陽世已經三年多，應該轉世投胎啦，可是出事地點，深入地下一千多尺，坑道漫長，挨到坑口已經氣若游絲，再一風吹日曬，必定是氣化神銷，無法往生。請你顧念我們彼此深厚的友誼，到我家讓我老娘在我的衣箱裡找一找，有一件我穿過的灰色大棉襖，你把它拿到我出事地點，把棉襖鋪在地上，叫我幾聲名字，然後抱著棉襖，邊叫邊走，一直到坑口，在坑口給我燒點紙錢，我就可以托生了。同時記住千萬別回頭，本來在出事地方燒點紙錢，你抱著棉襖叫我名字，我就跟著你出來了，無奈坑裡嚴禁煙火，怕引起爆炸，所以只好麻煩大哥多辛苦了。」在礦裡工作，沒有不相信鬼神的，陳樹山醒了之後，立刻到隔壁找盧大嬸說明原委，毫不費事，就從箱子裡翻出一件棉襖，等夜闌人靜，他抱著棉襖揣著銀紙，頂著礦燈，一鼓作氣到了出事地點，叫了幾聲，抱著棉襖一直往外跑，邊走邊叫，越想越毛孤害怕，走到坑口掙扎著把紙錢焚化後，他連累帶嚇躺在坑邊就人事不知了。

第二天早班工人發現他躺在坑道，把他送到醫院，才救治活過來。他遭逢這樁逆事之後，越想越覺得人生乏味，自己年近耳順，倦鳥歸巢，不如早點回老家，安享餘年，所以堅決要算大帳。子不語怪力亂神，鬼神之事，連學究天人的孔老夫子都說不出所以然來，證之陳樹山所說，又活靈活現，這種事只好留待靈魂學家來研究印證吧！

名片古今談

一進十月門，國家的慶典多，而民間的喜慶事，似乎也跟著湊熱鬧，紅帖子滿天飛，每次吃完壽筵喜酒回家，口袋塞滿了素不相識人的名片。有的印滿頭銜，有的敘述政綱（市議員候選人），這種無孔不入、廣結善緣的手法，實在令人嘆為觀止！在漢和帝在位、蔡倫還沒發明造紙以前，通名晉謁，用削木書寫，漢初謂之「謁」（謁者書刺，自言爵里），漢末謂之「刺」（書姓名於柬曰刺）。漢以後，雖然改用紙張，而仍相沿曰「刺」。到了唐代，每年新進士要到長安平康坊妓院去遊樂，要用紅箋寫「名紙」，到了明代才改叫「名帖」，至於改稱「名片」，是民國初年的事，距今還不足一百年呢！

筆者當年在北平，每逢春節，總要留一兩天時間逛逛廠甸，人家是買古玩玉器、書籍字畫，我則專逛舊貨攤。我在破銅爛鐵堆裡曾發現過幾方漢印，食髓知味，我對舊貨攤興趣因而非常濃厚。有一年我在舊貨攤上看見一本藍布面很厚的舊帳本，其中夾著若干張大紅名帖，翻了幾張，發現先伯祖文貞公、先祖仲魯公名帖均在其內。大概各科甲翰林的有四五百張，不敢多翻，花了十吊錢，合兩毛多錢買了回來。細一查對，從乾隆十年起乙丑正科至光緒三十年甲辰正科止，正科、恩科、備科除了三鼎甲以外，所有太史公凡是風采踔厲、積學雄文者，幾乎網羅殆盡。還有一張伊藤博文的，有一尺多長，跟翰林名帖一樣，至於光緒六年庚辰正科、九年癸未正科，曾入值詞林的翰林公幾乎一張不缺。

我曾經拿了這些名帖，請教過藏園老人傅增湘前輩。據沅叔先生說：「中了進士之後，分為四級：一級為狀元、榜眼、探花三鼎甲，以及全科的翰林；二級為主事；三級為知縣；四級為中書。其中主事、知縣、中書三者，一貼榜便算受職，所謂榜下即用，就有隸屬的衙門管轄，唯獨翰林，發榜之後，就是進入翰林院（叫進院不叫到差），改稱庶吉士。既未受職，還不算正式官員，所以在這短短期間，軒昂自肆，所用名帖，都是親自楷書，鐫好木戳，印在梅紅紙上，最長的有二尺，最小的也有一尺多，字則大的四寸見方，小的也有二寸，張張鐵畫銀鉤，雄偉挺秀，這是翰林們炫耀放縱時候，這不但主事、知縣、中書不敢用這種名帖，就連三鼎甲也不能用。因為三鼎甲一發榜，便是翰林院的修撰編修，已經算是國家官員了，所以你所蒐集名帖全是各科翰林，沒有一張是歷屆三鼎甲的。至於能把庚辰、癸未兩科的翰林名帖集全，大概原主的先世或他本人，與這兩科翰林中有特別淵源，碰巧志伯愚、仲魯兩位前輩同擢巍科，真是巧而又巧了。關於伊藤博文那張梅紅大名帖，可能是見獵心喜，遊戲之作吧！」可惜這些名帖，都留在北平。

晚清時期，進謁上司，同僚拜望，新親往還，還有投遞名帖習俗。外省官員進京公幹，自己沒有車馬，又無隨從，在沒有馬車、人力車之前，通衢大道旁空曠場所，獨停放若干騾車（北平人稱之為車口），可臨時講價雇用。是否讓趕車的投帖，要事先講明，大概投帖要多給幾吊錢或多賞酒錢，這個錢趕車的也不白拿，他投帖時，還在頭上扣一頂紅纓帽，表示是自用長隨或趕車的。投帖要挾著護書或拜匣，護書就跟現在的卷宗夾一樣，不過是布面而已。用拜匣的，可就講究啦，有蘇漆、建漆、廣漆、嵌螺鈿、雕紅之分，名帖式樣有單帖、摺帖、全帖幾種樣式。古人說「自言爵里」，這些名帖，有的敘明身分，有的寫明與被訪人的關係，如晚生、侍生、眷生、教弟、姻侍生、姻愚弟、門生、世愚侄等，讓接帖的人一望而知彼此關係，不致撲朔迷離，有不知先生為何許人也的尷尬。

北洋時期，我初次到政府機關服公，在財政部印刷局供職。局長濮一乘特准每星期六下午到局辦公，所以我被列為局裡正式辦公人員，而非掛名拿乾薪的差事。不但每月照領薪餉，還有一份伙食津貼可拿。依照局方慣例，凡是屬於正式辦公職員，到差之後局方印贈名片三百張。一百張木紋紙的，一百張松香燙漆，一百張爛紋字的。紙張考究不說，木紋、燙漆、爛紋印製方式，在當時都是一般印刷廠印不出來的。方形仿宋體字，是印刷局所特有，後來有位技工離開印刷局，到中華書局工作，帶了一全份方體仿宋模樣，從此中華書局代印名片，方體仿宋字體非常整齊。後來上海文化界譏笑中華書局還代印名片，才慢慢取消了。

婦女印名片，民國初年很為流行，黎大總統元洪的夫人黎本危，據說是漢口沙家巷妓女從良，出身不高，識字無多，在她左右攀龍附鳳的女官，當然也沒有什麼高明人物。她要印名片，當時婦女所用名片都是圓角燙金邊，偏偏有人給她出餿主意，在名片上壓出一雙翔鳳展翅凸形花紋。她非常得意，遇有公府款宴使節團，她就向各位公使代辦夫人致送這種名片。後來被熊希齡夫人朱其慧女士看見，告訴她，那是上海長三堂子姑娘們的花樣經，母儀天下貴為元首夫人，豈可如此輕率失儀，此後她再也沒有散發這種名片了。民國十三、四年，筆者在上海期間，商界中酬酢，喜歡飛箋招花，當筵勸酒，招來鶯燕都帶有粉紅水綠壓花凸字、尺寸極小的名片送人（當時上海男妓鍾雪琴也用這種粉紅凸花小名片），由此才知道朱其慧勸阻黎夫人使用這種名片的原因。

筆者在南京工作時，有位同寅柳貢禾君，其叔是國學大師柳詒徵。柳君填的詞蘊藉儷雅，詞韻清蔚，頗得朱彊邨、沈寐叟兩位前輩的激賞，可是他詞送到新、申兩報從未刊出過，我猜想是他那筆晃漾恣肆的狂草，編輯手民都無法全部認識，所以只好割愛。我試把原稿照抄寄出，寄給《申報》也好，《新聞報》也好，全都照登，所以後來他的詩詞都由我謄寫好，然後付郵。有一天他忽然送了兩盒名片來，另附鉛鑄名戳，赫然是清道人李瑞清把我名字用魏碑字體寫的書法，印成名片的。當時清道人在上海九華堂掛有筆單，可是寸楷以下小字已久不接件，不是他們有深厚友誼，這三個「唐魯孫」小字是得之不易的。我既有鉛鑄名戳，用完再印，抗戰勝利來臺，我還印了兩百張名片帶來，可惜鉛戳留在北平，名片用完現在已經沒法再印了。

臺灣在光復之初，本省同胞受了五十年日本教育，對於祖國的文字習俗都未盡了了，所以在所用名片上出了若干笑話。某君結縭之喜，收到賀禮，他還知道寫謝帖，大紅片子寫著收禮人領謝，倒是中規中矩的，旁邊他還印上「鼎惠懇辭」四個字，收禮後說懇辭，已經不通。「鼎惠懇辭」照字面上講，當然沒什麼不對，可是在大陸的習慣，這四個字平常都印在訃聞上，現在印在謝帖上，似乎有點彆彆扭扭的。

當年我在一家捲煙廠工作，有商家送來捲煙裡用的香料，在日據時代香煙裡都加入這種香料，因為脂粉氣過重，一般人都不愛抽日本製香煙，就是這個道理，我們絕對廢棄不用。可是這位商人在大陸大量搜購運來臺灣，認定總可大賺一票，但是香煙改變配方，原本奇貨可居的，變成無人問津的廢料，於是鑽頭覓腦四處託人求售，最後打算橫施壓力，強迫煙廠就範。有一天煙廠來了一位趾高氣揚的先生，掏出名片，銜名一大堆，最後寫著是某某人之子。他軟硬兼施、威脅利誘，好在我們早已報備有案，始終堅持原則，最後他技窮而走。這是我來臺所看見的又一張怪名片。

上一屆省議員選舉，有一位候選人名片用的是透明塑膠片，他把他戶籍所在地的一處名勝，印在名片的另一半上，讓選民別忘了跟他的鄉誼。印製精美，很多收到這種名片的人，留起來當書籤用。有一位候選人，大概跟鋁業公司有關係，他的名片是鋁箔製的，彩色柔麗，非常醒目。據筆者所知，鋁箔上印彩色需高超技術，後來打聽出來，那位候選人的鋁名片，是從日本印製來的。各種選舉，候選人盡量介紹自己的學經歷和現在頭銜，讓選民對他有進一步了解，原本是無可厚非的。不過我接到過一張名片，銜名寫了十多項，把自己姓名擠在左下角，細看這位仁兄的頭銜，不是什麼名譽理事，就是什麼團體顧問，甚至某某運動團隊的副領隊、某某慈善機關贊助人，細一琢磨，沒有一項實際的工作。這種好大喜功、華而不實的人如果當選，還能不出賣風雲雷雨嗎？

筆者初入社會時，先師閻蔭桐夫子曾經叮嚀過我：「在外酬應一定要準備一些印有姓名、籍貫、地址、電話的名片，以便跟初交的朋友交換，假如人家給你名片，你不回一張，很容易讓人誤會你架子太大，或不願意折節下交，豈不冤枉；至於那些名片上印有『專誠拜謁』、『啟事蓋章』字樣的，不是自抬身價，就是自命不凡、矯揉造作之徒，不足為法。」多少年來，恪遵師訓，身邊總要帶幾張名片，以備不時之需。

風箏談往

臺灣有一句俗話：「九月九，風箏滿天嘯。」重陽節除了敬老登高、賞菊，就是放風箏了。大陸元宵過後，清明之前，風和日麗，柳色青青，且風向穩定，就該到郊外放風箏，把一冬鬱悶在心裡的霉氣盡情吐出，自然身心俱暢，百病消除。跳繩、踢毽子、放風箏，都屬於戶外健康娛樂，大人們是不會加以禁止的。清明一過，季節風來臨，風起西北，黃沙蔽天，想放風箏，要等來年啦！初來臺灣看見重九節有人在淡水河邊放風箏，覺得很奇怪，怎麼春天的玩藝拿到秋天來玩呢？後來才想到完全是季節風的關係。臺灣到了秋天，景物柔美，涼風初拂，正是放風箏的好時光。大陸宜春，臺灣宜秋，完全是風向不同而有所差異的。

中國什麼時候有風箏，最古老傳說，是漢高祖與西楚霸王項羽戰於垓下，兩軍相持不下，漢軍由張良設計，韓信督工，糊了千百隻大風箏，趁著黑夜風高，一齊放進楚營上空。簫管羌笛盡奏楚歌，楚軍以為漢軍已得楚地，軍心渙散，兵無鬥志，楚軍大敗，項羽自刎烏江，並且有人傳說那批風箏載有甲冑勇士，那是稗官野史之言，不足深信。此後五代的李鄴，是位貪享歡樂的風流天子，他在宮中閒得無聊，讓妃嬪侍女們各出心裁，用竹紙做材料，糊製各式各樣的鸞鳳鳶雁，引線乘風，以為笑樂，並且在鳥背綁上竹笛，迎風琤琤有聲，所以叫做「風箏」。在此之前，原本設於殿閣簷椽之間的鐵馬當風作響，敲金戛石叫「風箏」，後來反而變成紙鳶的專門名詞了。此外見諸史籍的，還有南北朝梁武帝蕭衍在台城被圍，曾放風箏請求救援，根據史冊記載，最保守的估計，早在一千五六百年之前，中國人就發明放風箏了。

清宮每年河初解凍、新柳吐綠，阿哥、格格們就開始放風箏了，地點於宮裡長巷，視野廣闊，附近無樹木阻擋，地又平坦。風箏是由內務府造辦處雇有專門工人紮製承應，最好放的有黑鍋底、沙雁、瘦腿，這種風箏一抖就起，雖然式樣古老，但是阿哥們不用假手別人就可放起。至於福壽、雙喜、七星、八卦、硃砂判、老壽星、八仙人一類人形立體大型排子，必須用竹竿子先抖後放，而且不能用小線，改用老弦，要等宮監們放起來，夠上罡風，在高空穩住，才能交給阿哥們扯繩放線呢！皇城附近，住著一些遊手好閒的輕佻少年，一看見內廷風箏翱翔九霄，立刻邀集身強力壯叫「拕子手」的人，用蘸上玻璃沙的老弦，拴在稜角鋒利的鋼鏢上，在筒子河（紫禁城外有一條護城河，北平人叫它筒子河）附近，看準目標，把鏢拕子一擲，搭上風箏三裹兩扯，就把風箏扯過來了。這種搶奪方法，在帝制時代豈非大逆不道嗎？因為宮裡習俗，放過的風箏，就要放掉，說是風箏不過年，可以散災免病，否則在禁城附近，如此囂張不法，還能不被管地面兒北衙門拘捕打板子的嗎？

宮廷結紮的風箏不但精緻典麗，就是放風箏用的老弦也是特製品，拕子手鏢下來，自己不玩，賣給有錢的公子哥兒們，真能賣好價錢呢！北平糊風箏的好手，都在琉璃廠、地安門、宣武門、平則門等處，有的是業餘，有的是職業性質。個中高手叫「風箏瑞子」，他的風箏攤兒設在錦什坊街口，他們有句行話是：「糊一年，賣一春。」風箏瑞子一年有九個月從事製造，並設計新花樣風箏、製造線車子、弓弦鑼鼓架子，總是供不應求。

當年留法歷史學家謝幼民，在巴黎看見法國的風箏大賽，他見獵心喜，原本打算請瑞子去巴黎參加比賽，他因為年老體弱，頗憚遠遊，第二年他把得意門生丁四巴（住宣武門外牛街）介紹前去。丁四巴在巴黎賽會糊了一隻大蜻蜓，翅能搧，尾能擺，眼珠子能翻，背上七弦弓，放到天空，蜻蜓臨風奮翅展翼固然栩栩如生，風笳笛浪更是玉箔玎璫，瓊音瑤奏，參加比賽的仕女看得目瞪口呆，無不嘆為觀止。據丁四巴回國描述當時出賽情形，他說：巴黎風箏比賽，大概報名有四十多個國家，臨時知難而退的，幾近一半，結果參加決賽的只有二十一國。他到了法國之後，發現巴黎近郊有一種鹿蔥草，堅韌光滑，極富彈性，比一般竹皮藤實做的風箏骨架都要紮實。於是他紮了一隻四尺的燈籠排子，夾層裡點上九支蠟燭，放上高空，尤其夜晚星聯珠聚、霞光流碧，令人迷離耀眼。評審結果，我們中國拔得頭籌，印度鴛鴦戲水奪得亞軍，智利的雲龍顧尾本來可列第三，因是龍形未能得獎。原來國際賽會跟中國習俗一樣，風箏避免紮成龍形，中國說糊龍形風箏，容易遭致火災，西洋說會發生超級地震，總之飛龍在天，他們認為是最易招致不祥的。

自從那次國際風箏比賽中國得過冠軍後，繼之七七抗戰，兵連禍結，所有國際性的風箏比賽，中國就一直沒有參加了。

臺灣近些年來，因為安和樂利、豐衣足食，對於有益身心的戶外活動無不盡量提倡。六十九年十月七日在臺北市福和橋下舉行了一次尊親杯國際風箏邀請賽，有臺、韓、星、日四國共二百六七十名高手參加。參賽風箏中有一隻嘹唳飛空的老鷹，被新加坡航空公司班機的一位駕駛員發現，先還以為真是一隻遊鷹，恐怕相撞，急忙升高，才察覺是頭紙鳶，可見糊工手藝是如何逼真了。比賽規定以動物造型為主，記得五色煥爛的鳳凰、披錦撚金的蝴蝶、神姿夔踞的猛虎、顧尾虵進的蜈蚣、遊鷹翔鶴的飛機都得了特獎，又提高了大家紮風箏的興趣。

今年臺灣省、臺北市兩個風箏協會同時選定十月十八日在福和橋、臺大運動場分別舉行，聽說今年特別注意創造表現，飛彈打飛機，跳出降落傘，三十六鴛鴦等新奇風箏表演，可惜當天筆者一清早偕家人去慈湖恭謁　先總統陵寢，錯過一飽眼福機會，同時各報也沒有刊載是項消息，我想既有風箏協會組織，比賽會年年舉行的，今年看不成，容待明年雙九，再一飽眼福吧！

黃曆在中國

中國考古學家繆小山先生曾經說過，根據《史記・三皇本紀》的記載，在天皇氏時期就有曆法了。天、地、人三皇各傳一萬八千年，據以推算，中國早在三五萬年甚至十多萬年以前就知道如何記年了，可惜太古記事散佚失傳，僅憑先民代代口述相傳，至於確實的歲年，時至今日也就無從作明白的考證了。

《通鑑》上有「伏犧（即伏義）作甲曆，天干、地支兩者相配，六甲一轉，天度一周，年以是記而歲功成，月以是記而日功成。」的記載，則中國在六千四百六十一年前開始有曆法，已經是確切無疑的了。中國曆法流傳了六千多年而歲序依然，現在儘管政府歲計以西曆為準，並且實行了半世紀之久，而民間仍然習慣使用農曆，當然有其不可磨滅的優點：第一、伏羲以迄黃帝修訂的曆法，以日月星辰的運行為標的，歷朝修訂曆法，也都以星纏運行為準繩，周而復始，自有其永恆價值。第二、中國曆法是採用十進位計數，配合甲子六十進位法計算精密，能跟西曆並行不悖，政府民間各適其適。第三、中國曆法按二十四節氣，配合農時，中國是以農立國，對於農民作息，極為方便。有此三者，所以到現在奉行不替。

天干和地支

「天干」是甲乙丙丁戊己庚辛壬癸十個代號；「地支」是子丑寅卯辰巳午未申酉戌亥十二個代號。天干地支互相配合，可以演變成六十個代號，輪番使用，以記載年、月、日，也就是現在星象學家所說的六十甲子。最早王懿榮在中藥店買來的龜板（也就是殷墟甲骨）中，就發現殷商時期以干支略年的記載，雖然不十分完全，可是可以證實是殷商肇始的，後來燕京大學蒐藏殷墟龜甲上，把六十甲子全部在二十幾塊龜甲中刻畫出來，更得了殷商時代就以干支記時的確證。

二十四節氣

曆書最注重的是節氣，節氣也就是天候，一年有二十四個節氣，節氣之由來，是古人把一周天分為三百六十度，從二分（春分、秋分）到二至（夏至、冬至）分為四個等分。從春分以零度開始，夏至九十度，秋分一百八十度，冬至二百七十度，再回到春分，恰恰是三百六十度，每隔九十度又各分成六等分，四乘六得二十四，就是二十四個節氣。一年分為十二個月，恰好每個月有兩個節氣，這就是節氣的由來。

關於二十四個節氣，古人為了讓人便於記憶，曾經編了一個口訣：「正月立春雨水，二月驚蟄春分，三月清明穀雨，四月立夏小滿，五月芒種夏至，六月小暑大暑，七月立秋處暑，八月白露秋分，九月寒露霜降，十月立冬小雪，十一月大雪冬至，十二月大寒小寒。」如能熟記口訣，則哪月是什麼節氣就不會忘記了。

流年圖

翻開曆書第一頁上端，是一幅流年圖，也就是一個定方位的羅盤，圖心先定東西南北方位，方位外層，排列乾、坎、艮、震、巽、離、坤、兌文王八卦，不過這不是一看而知的，必須對周易有深入的領悟，才能窺知其中奧秘，簡單的說，八卦是代表八個方位，八種事物的。八卦外層跟羅盤中心之間有一白、二黑、三碧、四綠、五黃、六白、七赤、八白、九紫，也就是中國星象學家所謂之「九宮」。義大利有一位女星象學家海倫・拍蒲探賾索隱，她發現這是太陰系的九大行星，其中微妙通玄，研機杜微，現在還沒達到融會貫通程度。圖的最外層，有大利、大凶、小利、清吉等字樣，是星象學家根據陰陽五行配合干支推算出來的，不是我們外行人一望而能斷定何者為吉、何者為凶的。

二十八宿

中國古代研究天文學的專家們，把天體劃分為三垣二十八宿，三垣是「太微垣」、「紫微垣」、「天市垣」;二十八宿,東方為角、亢、氐、房、心、尾、箕,西方為奎、婁、胃、昴、畢、觜、參,南方為斗、牛、女、虛、危、室、壁,北方為井、鬼、柳、星、張、翼、軫。垣是大區,宿是小區,左邊為東方屬青龍,右邊為西方屬白虎,前邊為南方屬朱雀,後邊北方屬玄武,環繞周天,周而復始,運行不息。

關於中國曆法,在清代是由欽天監主持推算,制定時憲書頒行全國,現在改行陽曆,每年春節之前,書報攤上五花八門的時憲書,生意還挺不錯的。逛街買一本時憲書,帶回去給尊長們,沒事時翻閱翻閱,好像還頗受歡迎呢!

什麼是吉祥板

高陽兄在十二月三十一日所寫的《曹雪芹別傳》中談道：「雍正五年八月初的一天傍晚，宮門已經下鎖，突然奉到敬事房首領太監通知，傳一副『吉祥板』到皇子所居，在東六宮之後的『乾東五所』；才知道皇三子弘時暴死。」

當天中午就有高雄讀者鄒君打電話來問我：「吉祥板是否就是壽材，抑或另有其物？」吉祥板現在知道的人，除了老北平，恐怕不會太多了。清朝皇帝龍馭上賓，穿好壽衣，停在吉祥板上，後宮妃嬪以及王公近臣才能哭臨舉哀。吉祥板不但皇家使用，就是一般中產以上人家，亡人在未入殮之前，屍體也是停放在吉祥板上舉過哀等吉時入殮的。

北平的槓房（**類似現在的殯儀館，代辦喪葬事宜**），凡是誰家有人病危，只要到槓房說清地址，他們馬上就有專人把吉祥板送來。吉祥板是一具紅漆的木狀框，中間是七塊木板拼起來的，四周還套上繡寸蟒的床圍子，喪家鋪上入殮的被褥，等病人咽氣沐浴更衣後，才往吉祥板上一抬，頭西腳東，然後停放起來。等候吉時入棺，槓房就有人等在喪宅伺候著，只要等人往棺材裡一放，他立刻撤下床圍，豎起床框，床板啪拉一響，他立刻把整份吉祥板撤走。他之所以如此盡心，照槓房規矩就是叫了哪家槓房的吉祥板，從接三、起往、伴宿、出殯，這一宗喪事統統歸哪家一手承應，別家槓房就不能再插手了。

先總理靈櫬自北平碧雲寺奉安南京紫金山抬槓打執事，原已商妥由日昇槓房承辦，後來有幾家槓房也打算插一手，終因日昇所繡青天白日官罩所費過鉅，經警察局出面斡旋，才歸日昇獨家承應。

大陸現在的棺材是活屜，把死人抬到坑邊，活屜一抽，人就入土為安，棺材騰空再裝別人，還美其名，叫物盡其用呢。至於前面所說吉祥板當然早不存在，這種歷史名詞，再過幾年連這個名詞也沒人知道啦。

從「忠義劇展」談關公戲

中視每星期週一到週四的「忠義劇展」，從黑臉兒的包孝肅演到了紅臉兒的關雲長，關公忠義無雙冠絕古今，不但切題，如果編排得法，把它列為社教節目，對於世道人心，可能收效更大。前清時代，對於文聖、武聖都是特別崇敬的，在各種科考文章裡，要有一個「丘」字，不但不能進秀才、中舉人進士，甚至於童生考秀才還要送教官衙門用戒尺打手心呢！考舉人進士就處罰更嚴重，罰下科不許參加考試，名為罰停一科。關公的名字「羽」字，雖然沒有像孔子的「丘」字那樣嚴重，但「羽」字也不許寫原字三撇，要改為兩點，這些都是對於孔子、關公崇敬的表示。現在不但不為人所注意，甚至於「羽」字原字是三撇，也沒有人知道了。

清代在道光咸豐以前，宮廷演戲，飾關羽者報名時一律自稱「關某」，同臺別的角色，無論敵我，一律尊稱「關公」。從前之崑弋班，主角有所謂紅淨者，就是專演關公戲的。民國十幾年北平中央公園，有一家西餐館，掌櫃的趙子英就是紅淨名票，他會關公戲五六十齣，票了一輩子戲，登臺只演關公。當年有位裡子老生李洪春，因為他資格老架子大，梨園行尊稱他「李洪爺」，他也自視甚高，認為關公戲無所不能。抗戰事變前居然跟一位年輕票友段鴻軒為了紅生戲起了爭執，打起筆墨官司來。李洪春把當年張德天在宮裡編的八十幾齣關戲的名稱都拿出來請教段鴻軒，聽過哪幾齣，唱過哪幾齣，甚至於把幾齣編而未排的冷僻的關公戲也提出來請教，在幾家刊載劇評的報紙，尤其是《立言報》上，你來我往論戰不休。李洪春門弟子眾多，最著名的有「十三太保」，個個都是咋咋呼呼，七個不依、八個不饒的角色，劇評人景孤血、吳逸民看李洪爺詞氣亢厲、劍戟森森，弄得段鴻軒囁嚅趑趄沒法下臺。照這樣一直論戰下去終非了局，可是景、吳二位跟梨園行淵源較多，又不願意開罪李洪春。

有一天大家在來今雨軒晚餐談起此事，趙子英挺身而出，願意把李、段二位所結的樑子加以化解。不知是什麼緣故，往返關說，不但沒調停好，趙、李兩人反而說僵，甚至於有人從中煽風點火，李、趙二人，一伶一票，也變成劍拔弩張情勢。後來還是經警界的兩位甘草人物延少白、吉世安出面調停，才把這樁老爺公案息爭擺平。

皮黃班起先不禁演關戲的，據老伶工王福壽（外號紅眼王四，對戲裡規矩知道得最多，連譚鑫培、蕭長華等人，一進後臺看見紅眼王四都趕快避開，免得他出語譏諷，當面受窘）說：「在乾嘉年間，有位擅長紅生戲的『米喜子』，在一次春節御史團拜演堂會戰，特約其演《戰長沙》的關公。他上裝時只勾勾眉子，畫畫鼻竇，既不揉紅，也不抹硃砂，臨出場前呷下兩口白乾酒，出場用袍袖遮臉，走到臺口，把水袖往下一抖，臺下觀眾滿堂起立，大家都說似關公顯聖，驟然一驚，所以悚然離座。」此後雖然宮廷跟崑弋照常上演關公戲，可是皮黃班的關公戲，從此就禁止上演了。

到了同治末年，程長庚擔任三慶班掌班老闆時，為了跟四喜班打對臺，曾經重排全本《三國志》，葉福海（喜連成老闆葉春善之兄）在廣德樓演《刀會》、《訓子》。因為前臺管事得罪該管廳上的老爺們，說他們故違禁例，非要把班主程長庚帶走法辦不可，後來經前後臺大眾苦苦哀求，最後還是把管事的「徐二格」帶去，責罰一番才算了事。從此皮黃班又有若干年不敢演關公戲，直到現在各戲班演《白門樓》只上張飛不上關公，就是當年留下來的老例。一齣《臨江會》有二三十年不上關公，拿張飛來代替，蕭和莊生前說：「程大老闆唱《臨江會》就飾張飛，後來才歸穆鳳山飾演，到了光緒中葉，禁令日久，漸漸鬆弛，皮黃班才有人敢演關公戲，可是《走麥城》仍在禁演之例。官廳固然禁演，而梨園行人也認為瀆犯武聖，沒人願意飾演。」這次中視「忠義劇展」似乎有重排全部《三國志》的雄心，不知《關公升天》（又名《走麥城》）有沒有安排在劇展戲目之內。

老伶公丑行頭郭春山（郭元汾之父），因為口齒不俐落，一生沒能走紅，可是他肚子裡真寬，崑亂不擋，會的玩藝非常龐雜。在梅蘭芳的承華社裡，他就擔任丑行頭，無論有他的戲沒他的戲，都得給他開份。他說：李洪春跟段鴻軒打老爺官司時，他因為跟雙方都有相當淵源，不願出頭了事，當年張照給內廷編的《關戲總纂》，一共有八十二齣，甭說讓李洪春演，就是八十二折劇碼，他也不一定說得完全。段鴻軒人家是二十來歲年輕票友，你是給祖師磕過頭的，如此跟年輕人斤斤較量豈不有失身分。據說這些話有人故意傳到李洪春耳朵裡去，他才接受延、吉兩位調停的。

老伶公陳德霖、楊小樓在晚清都是不時傳差進宮，慈禧跟前的大紅人兒，而陳、楊兩人在宮裡謹慎小心，頗能觀察入微。據他們說：「當年宮裡春節戲目一定有一齣小樓跟余莊兒（玉琴）的《青石山》，戲中關羽（梨園行叫他『龕瓤子』）

一定由李順亭又叫『大李五』飾演，論學力、技術都不比譚鑫培差，尤其嗓音高亢，擅長唱嗩吶腔，《青石山》他飾關羽，『點將』一場，檢場的撒一把滿天星火彩，撤去帷幕。大李五的關公，他唱嗩吶腔，句句都是翻著唱，字正腔圓，遊刃有餘，毫無力竭聲嘶，讓人聽了有替他提心吊膽的感覺。慈禧等一把火彩撒出，不等撤帷子總是避席而起，走到廊子前站一會兒才回座。」後來才發現凡是戲裡上觀世音菩薩，或是上關公，慈禧總是托詞起身迴避片刻。有一次同治的一位妃子，當關公出場，一疏神忘了起身離席，慈禧後來借別的說詞，罰她到御花園忠義神武關聖大帝座前連燒三天香懺悔失敬呢！

劉鴻昇原本習淨，他第一次出外到上海演唱，因為嗓子洪亮圓潤，有人慫恿他改老生，哪知他一炮而紅，「三斬一探」成了他的拿手戲，鬧得北平街頭巷尾不是「天作保來地作保」，就是「孤王酒醉桃花宮」，足足熱鬧了好一陣子。其實劉的「三斬一探」除了《斬黃袍》外，其餘三齣都遠不及譚。有一次他忽發雅興，想唱一齣《刮骨療毒》。一般伶公在第二天演紅生戲，最虔誠的頭一天要齋戒沐浴，當天扮好戲揣上神禡要在後臺膜拜後才坦然登臺演唱。劉瘸子一向做事馬虎，跟平常一樣，沒揣神拜福就上場了，「刮骨」一場，飾華佗的一不留神，木頭刀居然把膀子上的肉劃了一道口子，當時沒有覺出怎樣，可是一卸裝，血流不止。雖然後來治好，可是足足有半個多月抬不起胳膊來，有人說那是不崇敬武聖所得的一點薄懲，從此劉鴻昇就再也不動關戲了。

郭仲衡原本是北平南城票友，跟王又荃同一個教會，後來下海經王又荃的介紹，搭入程硯秋的戲班。三天打泡戲是《戰長沙》、《舉鼎觀畫》。他是基督徒，當然不會在後臺上香磕頭，可是關公一出臺，特製平金綠緞子黃走水關公的帥字旗，檢場的一慌疏，把下齣硯秋《虹霓關》「替夫報仇」的白旗子給舉出來了。第二天他跟又荃的《雙獅圖》，一聲「太師回府」，檢場的把一對獅子也拿走了，雖然再把獅子擺出來，可是臺下一陣敞笑。雖然兩次出錯，都是檢場的疏失，可也使得郭老闆懵懂不安了，後來有人勸他既入梨園行，就應當照梨園行的規矩行事，他此後再演關戲也照樣揣神拜福焚香禮拜了。你說事涉迷信，從劉、郭兩件事情看來，就令人可解又不可解了。

筆者所聽關公戲，程長庚、王福壽的固然沒聽過，就連老三麻子的也沒趕上。有一次小三麻子在第一舞臺唱了一次《單刀會》，風采踔厲、不慍不火，可算尚有典型，梨園行朋友看了人人叫好。斌慶社的王斌芬也擅長紅生戲，他是范福泰給說的，范一生沒有顯赫得意過，他跟王福壽、彭福林都是小福勝科班出身，不但知道得多，玩藝的確細膩傳神。我聽過王斌芬的《青石山》的龕瓤子，唱嗩吶腔逢高必翻，洪亮有餘，聽了舒服之極，可惜英年不永，出科不久就去世了。王鳳卿汪派戲，自己認為最得意的是《取帥印》、《讓城都》、《戰長沙》，他的關公戲宏遼俊邁，威而不猛，紅豆館主說鳳二這齣《戰長沙》是得自汪桂芬真傳，不但神情氣度有獨到之處，其雍容肅穆，也非一般自命紅生泰斗俗伶所能企及。

林樹森的關公戲在南方可算頭一份兒，他的扮相眼神，以及身段步法都能不慍不火，唱兩句也不難聽，尤其《華容道》，令人擊節，不過有時仍免不了有灑狗血的地方，那是久在江南，為迎合觀眾所好，大醇小疵是可原諒的。李洪春有一次在北平華樂園演了一次《古城會》，功架不錯，可惜唱慣了邊配，唱時不能翻高卯上，讓聽眾在臺下替他著急。耍起「冷豔鋸」，也有拿不動的感覺，不過他抖鬚、撩鬚、推鬚、揚鬚幾個動作乾淨俐落，為他伶所不及。林樹森說：「李洪爺飾關公，他那髯口上功夫，就夠晚生後輩學上老半天的了。」現在中視「忠義劇展」似乎有走上全本《三國志》的趨勢，則將來關公戲正多，如果能把失傳的關公戲多排幾齣上演，庶幾不負「忠義劇展」這個響噹噹的劇名。

唐魯孫先生作品介紹

(1)老古董

本書專講掌故逸聞，作者對滿族清宮大內的事物如數家珍，而大半是親身經歷，所以把來龍去脈說得詳詳細細。本書有歷史、古物、民俗、掌故、趣味等多方面的價值，更引起中老年人的無窮回憶，增進青年人的知識。

(2)酸甜苦辣鹹

民以食為天，吃是文化、是學問也是藝術，本書作者是滿洲世家，精於飲饌，自號饞人，是有名的美食家。又作者足跡遊遍大江南北，對南北口味烹調，有極細緻的描寫、有極在行的評議。本書看得你流口水，愈看愈想看，是美食家、烹飪家、主婦、專家、學生及大眾最好的讀物。

(3)大雜燴

作者出身清皇族，是珍妃的姪孫，是旗人中的奇人，自小遊遍天下，看得多吃得多，所寫有關掌故、飲饌都是親身經歷，「景」「味」逼真，《大雜燴》集掌故、飲饌於一書。

(4)南北看

作者出身名門，平生閱歷之豐、見聞之廣，海內少有。本書自劊子手看到小鳳仙，自衙門裡的老夫子看到盧燕，大江南北，古今文物，多少好男兒、奇女子，異人異事……一一呈現眼前，是一部中國近代史的通俗演義。

(5)中國吃

本書寫的是中國人的吃，以及吃的深厚文化，書中除了談吃以外並談酒與酒文化、談喝茶、談香煙與抽煙，文中一段與幽默大師林語堂先生一夕談煙，精彩絕倫不容錯過。

(6)什錦拼盤

本書內容包羅萬象，除談吃以外從尚方寶劍談到王命旗牌，談名片、談風箏、談黃曆、談人蔘、談滿漢全席……文中作者並對數度造訪的泰京「曼谷」不管是食、衣、住、行各方面均有詳細的描述。

(7)說東道西

《說東道西》是唐魯孫先生繼《老古董》、《酸甜苦辣鹹》、《大雜燴》、

《南北看》、《中國吃》、《什錦拼盤》之後又一巨獻。

他出身清皇族，交遊廣，閱歷豐。本書從磕頭請安的禮儀談到北平的勤行，由蜀山奇書到影壇彗星阮玲玉的一生，自山西麵食到察哈爾的三宗寶……所論詳盡廣泛，文字雋永風趣，是一部中國近代史的通俗演義。

(8)天下味

本書蒐羅了作者對故都北平的懷念之作，除了清宮建築、宮廷生活、宮廷飲食介紹外，對平民生活的詳盡描述，也引人入勝。收錄了作者對蛇、火腿、肴肉等山珍，以及蟹類、臺灣海鮮等海味的介紹，除了令人垂涎的美味，還有豐富的常識與掌故。更暢談煙酒的歷史與品味方法，充分展現其博學多聞的風範。此外另收〈香水瑣聞〉與〈印泥〉兩文，也是增廣見聞的好文章。

(9)老鄉親

唐魯孫先生的幽默，常在文中表露無遺，本書中也隱約可見其對一朝代沒落所發抒舊情舊景的感懷，無論是談吃、談古、談閒情皆如此，但其憂心固有文化的消失殆盡，在在流露出中國文人的胸襟氣度。

(10)故園情（上）

凡喜念舊者都是生活細膩的觀察者，才能對往事如數家珍。故園情上冊有唐魯孫先生的記趣與評論，舉凡社會的怪現象、名人軼事、對藝術的關懷，或是說一段觀氣見鬼的驚奇，皆能鞭辟入裡栩栩如生。

(11)故園情（下）

喜歡吃的人很多，但能寫得有色有香有味的實在不多，尤其還能寫出典故來，更是難能可貴。唐魯孫先生寫的吃食卻能夠獨出一格，不僅鮮活了饕餮模樣，更把師傅秘而不傳的手藝公諸同好與大家分享。

(12) 唐魯孫談吃

美食專家唐魯孫先生，不但嗜吃會吃也能吃，無論是大餐廳的華筵餕餘，或是夜市路邊攤的小吃，他都能品其精華食其精髓。本書所撰除了大陸各省佳肴，更有臺灣本土的美味，讓人看了垂涎欲滴。

什錦拼盤／唐魯孫著. -- 六版.-- 臺北市：大地,
2020.02
面：　公分. --（唐魯孫先生作品集；6）
ISBN 978-986-402-331-8（平裝）

863.55　　108023320

什錦拼盤

唐魯孫先生作品集 06

作　　者	唐魯孫
發 行 人	吳錫清
主　　編	陳玟玟
出 版 者	大地出版社
社　　址	114台北市內湖區瑞光路358巷38弄36號4樓之2
劃撥帳號	50031946（戶名：大地出版社有限公司）
電　　話	02-26277749
傳　　真	02-26270895
E - mail	support@vastplain.com.tw
網　　址	www.vastplain.com.tw
美術設計	博客斯彩藝有限公司
印 刷 者	博客斯彩藝有限公司
六版一刷	2020年2月

大地
定　　價：280元